histórias mirabolantes de amores clandestinos

Outras obras do autor

Ficção

O criado-mudo (romance), 1ª edição: Editora Brasiliense, 1991, 2ª edição: Editora 34, 1996. *I would have loved him if I had not killed him*, St. Martin's Press, EUA, 1994. *Die Brasilianerin*, Rütten & Loening, Alemanha, 1995. *Een jonge Braziliaanse*, Uitegeverij Anthos, Holanda, 1996

O livro das pequenas infidelidades (contos), Companhia das Letras, 1994, 2ª edição: Editora Record, 2004

As larvas azuis da Amazônia (novela), Companhia das Letras, 1996

Branco como o arco-íris (romance), Companhia das Letras, 1998

No coração da floresta (contos), Editora Record, 2000

O manuscrito (romance), Editora Record, 2002

Não-Ficção

Diplomacia Cultural: seu papel na política externa brasileira, Instituto de Pesquisa de Relações Internacionais/Fundação Alexandre de Gusmão, 1989

Edgard Telles Ribeiro

histórias mirabolantes de amores clandestinos

contos

EDITORA RECORD
RIO DE JANEIRO • SÃO PAULO

2004

CIP-Brasil. Catalogação-na-fonte
Sindicato Nacional dos Editores de Livros, RJ.

Ribeiro, Edgard Telles, 1944-
R368h Histórias mirabolantes de amores clandestinos / Edgard Telles Ribeiro. – Rio de Janeiro: Record, 2004.

ISBN 85-01-07025-4

1. Ficção brasileira. I. Título.

CDD 869.93
04-1110 CDU 821.134.3(81)-3

Concepção de capa: Angelica Nazareth
Ilustração: *Cupido no baile de máscaras*, Franz von Stuck, c. 1905.

DISTRIBUIDORA RECORD DE SERVIÇOS DE IMPRENSA S.A.
Rua Argentina 171 – Rio de Janeiro, RJ – 20921-380 – Tel.: 2585-2000

Impresso no Brasil

ISBN 85-01-07025-4

PEDIDOS PELO REEMBOLSO POSTAL
Caixa Postal 23.052
Rio de Janeiro, RJ – 20922-970

Para minha mulher Angelica
e meus amigos Alfredo Grieco
Jom Tob Azulay

Agradecimentos: José Viegas Filho,
por uma leitura atenta e amiga

Sumário

Horário nobre

— Você sabe que eu sou louca, não?

Mais do que bater em seus ouvidos, a frase chegou a cintilar no espaço, como se fosse dotada, não apenas de som, mas de uma massa crítica que a levasse a cruzar a noite como um cometa e frear bruscamente diante de seus olhos em uma chuva de faíscas.

Você sabe que...

Ia responder, mas preferiu se concentrar na faca com que ela cortava as rodelas de limão. A lâmina metálica conferia uma densidade adicional a suas palavras. Estremeceu: se ela desejasse ilustrar o tema da insanidade, poderia, em um gesto fulgurante, enfiar a faca em seu peito até o cabo — e ele teria dois gloriosos minutos de agonia para comprovar que ela falara a sério. *Louca esfaqueia amante em ataque de ciúmes*, diriam os jornais no dia seguinte.

Estavam na casa dela, um local que ele só freqüentava quando o marido, seu colega de trabalho, se ausentava do país — e assim mesmo para pegá-la ou deixá-la depois de algum programa. Ou, mais raramente, para tomar uma última vodca antes de se despedirem. Nunca haviam feito amor ali. Ela preferia correr o risco de ser surpreendida por conhecidos cruzando um *lobby* de hotel, ou pela polícia no banco de trás de um carro, a consumar a traição no cenário onde vivia o dia-a-dia de seu matrimônio. E ele entendia —· também era casado. Jamais se valera da ausência da esposa para sugerir que fossem à própria casa às escondidas.

Ela colocou uma rodela de limão em sua vodca e observou-o por alguns instantes, como se desejasse avaliar o impacto que suas palavras haviam tido sobre ele. Estaria arrependida?

— Louca? — retomou ele após um gole na bebida. E emendou rindo: — De louco todos nós temos um pouco...

A banalidade do comentário colocou em evidência seu desconforto. Sem nada ter a acrescentar, deu alguns passos em direção à sala. Antes de entrar, porém, voltou-se para ela, deixando-lhe a escolha de acender ou não a luz.

Ela pousou a faca na pia e, copo na mão, caminhou até o sofá situado em frente à televisão desligada. Sentaram-se lado a lado na penumbra. E ele, que sempre estranhara a posição daquele móvel de costas para a melhor vista da cidade, sentiu prazer em confrontar os reflexos da baía brilhando contra a tela fosca. Em pleno horário nobre, a televisão oferecia uma paisagem que nada exigia em troca.

No hotel recém-deixado, haviam feito amor com a intensidade habitual, em uma coreografia cujo erotismo passava pela aceitação de certos limites: não podiam arranhar, morder, ou de alguma forma marcar o corpo do parceiro. De um tempo para cá, porém, ele notara que algo mais distinguia a relação: a teatralidade de seu abandono. Como se a paixão de ambos dependesse de uma moldura grandiloqüente e solene para se expressar.

Tinham falado de infidelidades ao longo da noite. De brincadeira a princípio — e aos poucos a sério, no que dizia respeito a ela —, haviam discutido o que fariam caso um dos dois traísse o outro. Os respectivos cônjuges não contavam nessa equação. Nem de longe poderiam aspirar à condição de rivais, tão raros eram hoje seus momentos de entrega. Excluídos os parceiros, restavam as fantasias envolvendo terceiras pessoas. E um encontro fortuito, ocorrido em um teatro ao qual ele comparecera acompanhado de uma prima — e não da mulher —, estava na raiz do presente diálogo.

Nunca a vira tão lívida, tão fora de si. No bar do teatro, onde haviam buscado refúgio durante o intervalo, ele protestara sua inocência. De olho na mão crispada contra a manga de seu paletó, atônito diante daquele rosto transtornado, jurara que fora a própria esposa, indisposta, quem sugerira que a parenta, de passagem pela cidade, o acompanhasse à ópera. Em vão: ela continuara a injuriá-lo, os dentes semicerrados, como se suas ponderações não passassem de mentiras odiosas. O detalhe picaresco ficara por conta do marido que, ao regressar do banheiro, permitira-se homenageá-lo com uma piscadela encorajadora e irônica, sem sequer supor que, na véspera, no estacionamento de um shopping, não havia sido a prima quem se debatera seminua entre seus braços.

Canalha, eis o que era, admitiu para si próprio. Mais canalha do que poderiam todos imaginar — a esposa, a amante, o marido da amante —, já que, *sim*, mantinha um segundo *affair*. Com uma pediatra, cujo consultório ficava no mesmo andar de seu escritório. Uma história que principiara em uma festa de fim de ano, promovida pela administração do prédio onde trabalhavam.

Até então, não reparara especialmente na médica, conhecia-a apenas de cumprimentos no *hall* dos elevadores. Mas em meio ao cenário festivo, com balões coloridos presos ao teto e dois uísques aquecendo suas veias, elogiara seu novo corte de cabelo. E ela, em um movimento sinuoso do corpo, inclinara a nuca para sua inspeção. O arrepio que imaginou ver em seu pescoço servira de trilha para emoções mais fortes.

Uma encantadora e descomplicada rotina logo se instalara entre eles. Duas vezes por semana, a título de almoço, comiam um sanduíche na cama dela. Ou passavam um momento juntos no final do dia. Se fosse obrigado a resumir a relação em uma única palavra, rabiscaria *deleite* em letras góticas no quadro-negro de sua clandestinidade.

Com a outra, *a louca*, a história havia sido bem diferente. A começar (e a lembrança parecia-lhe hoje quase caricata) pelo local onde se tinham conhecido: uma capela de cemitério. Haviam ocupado a mesma fila de cadeiras no velório de um colega — assaltado e morto na própria casa em circunstâncias misteriosas. Ao falar com o marido, notara-a sentada a seu lado, chorando baixinho.

Se estivesse mais atento à linguagem simbólica da vida, teria desconfiado das tonalidades sombrias que haviam permeado aquele primeiro encontro. Por delegação de quem, se não do morto, tivera acesso àqueles seios que balançavam entre soluços?

Como todo homem jovem, contudo, julgava-se imune a determinados perigos. E mais adiante, quando a ocasião se apresentara, fora em frente.

Procurou repassar os momentos iniciais de sua história com ela. Alguns meses tinham transcorrido quando tornara a vê-la, dessa vez em uma recepção para um dignatário estrangeiro. Descobrira-a na biblioteca, parada diante de uma tela que retratava, de corpo inteiro, um dos ancestrais do anfitrião. Não havia ninguém por perto. Preferira, no entanto, observá-la à distância, antes de se aproximar. Mas ela lhe dirigira a palavra — sem se voltar em sua direção. Tanto que, a princípio, chegara a pensar que falava com o quadro.

Desde o início, ela se mantivera sempre alguns passos a sua frente. Surpreendia-o sem dar a impressão de desejar fazê-lo. A sensação, tão física quanto imaginária, levara-o a segui-la como em um transe. Pelos salões daquela festa primeiro, pelas ruas da cidade depois. Quando afinal fizeram amor, fora sobretudo alívio que ele sentira.

Agora, ao contemplar as luzes que continuavam a brilhar contra a tela opaca, sentia-se tomado por um mal-estar cuja origem não tinha como identificar. Procurou se desvencilhar do torpor que invariavelmente o dominava quando revisitava certas lembranças que tinha dela. Reparou que seu drinque ia pela metade. Consultou o relógio. A reunião de pais e alunos devia estar por terminar, sua mulher em breve regressaria a casa. Seu suposto jantar de trabalho não poderia se prolongar por muito tempo. Terminou a vodca.

Uma trama banal, na realidade. Quantos homens, quantas mulheres, não mantinham duas ou mais histórias equilibradas no ar, por mera ansiedade... Como esquilos assustados, ou previdentes, que acumulam avelãs para melhor enfrentar a escassez do inverno? Foi do fundo dessa analogia benevolente, alimentada por uma imagem tomada de empréstimo a um álbum de infância, que ouviu, vindo de muito longe:

— ...uma faca... no teatro...

Uma lua distorcida cruzou a tela escura. Voltou-se para a mulher:

— Como...? — conseguiu perguntar.

— É bem provável... — ela prosseguiu — ...é quase certo que...

E ele, completando mentalmente: "*...se tivesse uma faca naquele teatro, me mataria.*"

Mas ela havia emudecido. E enrolava agora o cabelo com os dedos. Depois, com um sorriso triste, murmurou:

— Esquece.

Impossível, ele sentiu, *tarde demais*. Como — *esquecer?* Ao contrário, precisava cair fora o mais depressa possível. Da casa — da relação. Partir com elegância, desaparecer com rapidez.

Uma sorte, tudo somado. *Ter-se dado conta a tempo*. Agitou o copo vazio no ar e se levantou, agradecendo aos ossos e juntas por não rangerem, tal a rigidez de seus movimentos. Um tema fascinante, o medo, quando precedido por um alerta providencial — e amparado pela perspectiva da salvação.

— Você já vai? — ela indagou com uma olhadela para seu copo.

— Acho que sim. Está ficando tarde — ele respondeu.

Ela o examinou de alto a baixo e, com a mesma tranqüilidade, pediu:

— Conta para mim...

— O quê?

— O que aconteceu esta noite.

Custou a registrar o pedido, tal sua simplicidade — e a limpidez em seu olhar. E só conviveu com um princípio de pânico quando se deixou afundar no sofá uma vez mais.

— Contar o que aconteceu *agora*?

— Não, antes.

— Quando *antes*, no hotel?

— Não, depois.

Antes, depois... Que gênero de nicho estaria cavando — e em que dimensão? Haviam ambos deixado o hotel por uma porta lateral. Como de hábito, ela na frente. Seguira-a após pagar a conta na recepção.

— Saímos do hotel, você primeiro.

— Eu sei. Esperei no estacionamento. Viemos até aqui.

Saltara uma etapa. O cigarro fumado dentro do carro parado, ambos atentos à neblina que encobria a praia. A música no rádio, a cabeça dela contra seu ombro e, ao longe, as tonalidades acinzentadas da cidade.

— Quando chegamos você sugeriu que tomássemos algo — continuou.

Ela olhou para a própria bebida:

— Vodca? — perguntou, como se pudesse ter esquecido.

— Vodca — ele confirmou rindo. Procurava dar a impressão de estar às voltas com uma brincadeira cujas regras iam sendo inventadas a cada passo, a cada frase.

— E então?

— Eu tirei o gelo, enquanto você...

Ela parecia absorta, em um estado de total imobilidade.

— ...enquanto você cortava as rodelas de limão.

— Ah... — ela suspirou, aliviada.

A algum porto haviam chegado. Mas algo faltava. Daí, talvez, a testa franzida, o esboço de pergunta:

— E sobre o que...

Nova pausa, dessa vez penosa. Ele veio em seu auxílio:

— ...falávamos?

— É! — ela exclamou.

Reconstituiu como pôde o diálogo, sem enfatizar nenhuma parte. Repassava uma lição, à meia voz. Estava atento, sobretudo, aos olhos dela. Para onde teriam voado naquele curto lapso? De onde retornariam? Nisso, ela o interrompeu:

— Repete para mim...

— O quê? — ainda teve forças de indagar.

— O que aconteceu agora.

Dessa vez, ficou calado. Ela aguardava, tranqüila. Parecia dispor de todo o tempo do mundo. Alisava, com a mão direita, o estofo do sofá.

— Ana... — conseguiu dizer.

— Fica comigo mais um pouco — ela pediu.

Sorria, de um ponto distante. Entendeu que não dividiam um mesmo espaço.

— Você não pode ficar um pouco mais comigo? — ela insistiu. E reformulou sua instrução: — Repete para mim o que aconteceu agora.

Não se brinca à toa com o desconhecido, descobriu tarde demais. Em algum momento, anjos e demônios juntam forças para apresentar, por um emissário comum, a fatura de perdas e danos acumulados ao longo da vida. E foi tomado pela imensidão de sua culpa, uma culpa arcaica, cheia de poeira e teias de aranha, com ramificações tentaculares em um passado do qual já não se recordava, que se debruçou sobre ela:

— Ana, onde é que você *está*?

— Roberto... — ela deixou escapar.

Roberto... Quem seria? Imaginara que, se algum nome soasse naquela sala, teria sido o seu, ou o do marido. De repente lembrou.

— Sim? — e pegou em sua mão.

— Ele era cruel comigo. Não precisava.

— Eu gostava de Roberto.

— Eu sei. Vi vocês dois juntos.

— É? Onde?

— No enterro dele.

Não teve como deixar de rir — e ela aderiu ao riso com entusiasmo. Ao invés de uní-los, contudo, a alegria cavou um fosso entre eles dois.

— Ele ficou tão surpreso...

— Surpreso?

— Sim. A faca era *enorme*.

— Ahn...?

— E ele de repente quieto, como um menino.

— Quieto?

— Eu me agachei do lado dele.

— Como? — insistiu.

Ela se esforçou por resgatar da cena um detalhe preciso:

— Embrulhei a faca na capa. Não queria manchar a bolsa... Tinha parado de chover...

Havia uma lógica submersa em sua história, uma coerência vinculando o discurso ao tempo que fizera. Procurou manter a calma:

— E depois?

— Depois?

Abraçou-se a ele. Chorou convulsivamente por alguns minutos. Em seguida, com a mesma velocidade, enxugou as lágrimas e disse:

— Fiquei com ele mais um pouco.

E olhou-o com ternura. Parecia reconfortada por tê-lo a seu lado. A lua deixara a tela da televisão, as luzes difusas voltavam a brilhar no fundo da baía.

Passou a mão pela testa suada, suspenso na fronteira entre o horror e o estupor. Uma moleza tomava conta de seu corpo, amortecendo sua capacidade de reagir. Recordou-se da pediatra e por uns segundos atracou-se a seu quadro-negro, como um náufrago a um tronco de madeira. Pensou também na esposa, tão distante do caos vertiginoso em que se metera — e tudo somado, sua melhor amiga. Mas as duas mulheres logo sumiram na escuridão, varridas por sua angústia.

Como lidar com aquela confissão sem ser tragado pelo escândalo? Avisar o marido? A que título? E em que termos? Consultar um psiquiatra? A idéia de deixá-la voltava a se impor. Mas de que maneira? E em que estado? Ela não era mulher de se deixar abandonar. Sobretudo se alguma memória conservasse de suas palavras de havia pouco. Um sólido elo os atava.

— Você não pensa em me largar, não é?

Já não caminhava alguns passos a sua frente, como antes. Nem o seguia de perto. Ao franquear-lhe o acesso a seu labirinto, trouxera-o para o coração de sua história. Sentiu-se subitamente no direito de se apropriar de sua frase. E, por sua vez, solicitou:

— Repete para mim...

— O quê? — ela perguntou.

— O que aconteceu agora.

O pedido pareceu desorientá-la. Não esperava por ele. Uma armadilha? Um jogo de espelhos?

— Agora? — indagou com um ar atento.

— Não. Antes — ele respondeu.

— *Antes?*

A desconfiança tomou conta de seu rosto. Mas logo desapareceu — e ela se recompôs. Foi sorrindo que disse:

— Eu sei que você tem uma namorada. Uma *outra* namorada.

O tom era jovial, quase brincalhão. Sugeria que determinados homens eram *realmente* inviáveis — e que certos desfechos se tornavam inevitáveis.

— Eu te segui. Até o apartamento dela. Na hora do almoço.

Explicava-se de modo pausado, sem dar margem a que negasse a acusação, ou esboçasse um princípio de reação.

— Você está sendo cruel comigo — prosseguiu no mesmo tom.

Dona absoluta de seu espanto, completou:

— Não precisava.

Foi essa conclusão, emitida em um tom de sincera tristeza, que o alertou para o que ainda viria. Quis se levantar, mas não conseguiu. Suas pernas mantinham-se presas ao chão. E a cabeça, colada ao encosto do sofá, havia adquirido um peso de chumbo. Olhou para o copo de vodca vazio. Só aí entendeu a razão de seu torpor. Seu braço caiu sobre a almofada, as luzes já não brilhavam. Ela repetiu:

— *Não precisava.*

Viu então sua sombra passar na tela da televisão. Avistou-a à distância na cozinha. Secava a faca em uma toalha de mão.

The Man I Love

Entre as muitas vidas que levei quando jovem, quase todas parciais e poucas merecedoras de registro especial, fui pianista de bar. Não sendo grande estrela do teclado, contudo, ocupava, no elegante clube da Zona Sul do Rio de Janeiro onde tocava, um posto situado entre os garçons e o *maître*, ou seja, muitos furos abaixo dos freqüentadores do local.

Jogava-se bridge nas noites de terça e quinta-feira naquele clube, em um amplo salão situado no segundo andar da ala que corria paralela à piscina olímpica, do lado oposto ao bar. E foi através de uma das janelas desse salão que, um dia, vi — de perfil como convém a sacerdotisas pinceladas entre hieróglifos e animais sagrados — a princesa egípcia.

As luzes da piscina estavam acesas. O garçom, que pousava sobre o piano o primeiro dos três uísques a que eu teria direito ao longo da noite, fez um vago gesto em direção à sala de jogos e comentou:

— A princesa cortou o cabelo.

Foi assim que ela escapuliu do anonimato no qual, a meus olhos distraídos, estava imersa: envolta em uma gama de tons azuis e esverdeados, que tremulavam a seu redor em sintonia com a reverberação das águas iluminadas. Lembro que, ao erguer a cabeça do teclado, tocava *The Man I Love*. Por alguns segundos tive a sensação de que aquela figura de sonho embalava-se em meus compassos e até me *via* — o que era improvável, dada a penumbra em que me encontrava.

— Quem é? — perguntei ao garçom antes que se retirasse com a bandeja.

Com grande economia de detalhes, ele revelou-me o que sabia sobre a visitante. Ao ouvi-lo, recordei-me de haver lido uma reportagem sobre ela em alguma revista. Mulher de uma beleza quase lendária, dona de considerável fortuna, a princesa era divorciada e morava no Rio havia seis meses, sem que transpirassem informações sobre seus amigos ou relações.

Os colunistas sociais, ao registrar sua chegada ao Brasil, tinham especulado sobre o assunto. Mas, assim como haviam levantado o tema, tinham silenciado — dizia-se que por ordens expressas de seus editores. Eram poderosas as conexões da princesa, dentro e fora do Egito, e seu divórcio deixara seqüelas na severa sociedade árabe, que futricas inoportunas de jornais latinos não deveriam realimentar. Fosse qual fosse a razão, o certo é que, em questão de dias, ela desaparecera do noticiário e — até onde este último refletia de perto as frivolidades nativas — da vida da cidade.

Desaparecera do noticiário, mas emergira em nosso clube, que nem era o mais seleto ou sofisticado do Rio, embora sua cozinha gozasse de excelente reputação e sua carta de vinhos estivesse entre as melhores. A escolha, porém, decorrera de uma razão bem mais trivial: a princesa era apaixonada por bridge, que jogava muito bem, pois tivera como professor ninguém menos que o ator Omar Sharif.

Os torneios do clube reuniam cerca de dez mesas, em um total de quarenta pessoas, fora alguns convidados que por vezes peruavam o jogo. A princesa vinha sempre acompanhada do mesmo parceiro, um senhor de meia-idade, alto e corpulento, que não parecia manter com ela uma relação de intimidade, mas de respeito. Soube depois tratar-se do Cônsul do Egito, ele próprio grande jogador. Duas vezes por semana, escoltava sua patrícia naquela que bem poderia ser sua principal atividade social.

A barreira da língua dificultava o acesso à estrangeira. Os participantes dos torneios, de toda forma, superada a curiosidade inicial, não estavam ali para cortejá-la — e sim para jogar. Quanto mais jogavam, contudo, mais a admiravam, por razões que passavam ao largo de seus atributos físicos. Dizia-se, no clube, que ela possuía um sentido inato para as cartas. Uma formulação que pode parecer, tomada em si mesma, fútil e até banal, mas que, para pessoas que fazem do baralho um eixo central do universo, separa os amadores dos gênios — ou, segundo o caso, estes últimos dos deuses.

Amantes de bridge (e uso o termo com conhecimento de causa, por descender, eu próprio, de jogadores) são seres que jamais se interessam pelo que possa ocorrer fora do perímetro de suas mesas. Exceto pelo leilão, etapa em que as duplas adversárias disputam o contrato a ser cumprido, o jogo transcorre em silêncio.

Ao término de cada rodada os parceiros falam, reclamam e até discutem. São freqüentes, nessa etapa, os divórcios entre casais. E a história registra, pelo menos, um caso de assassinato a tiros por divergências que chegaram a ser analisadas pelo júri do tribunal inglês encarregado de julgar o caso. Trata-se, ao lado do xadrez e do *go*, de um jogo especialíssimo.

Se insisto no tema, é para assinalar que, apesar de todas as paixões associadas ao bridge, eram raras e lacônicas as notícias que nos chegavam sobre os diálogos entre a princesa e seu parceiro. Após o carteio, ela permanecia impassível até se debruçar sobre uma nova mão. Seu companheiro, embora afável, tampouco falava, a não ser com os garçons. (Estes tinham ordens de servir ao casal duas doses de uísque, em intervalos regulares, de uma garrafa especial deixada no bar sob a supervisão direta do *maître*.)

O que para mim a singularizara, naquela primeira noite, havia sido o perfume de mistério que a envolvia — e que eu associara ao ar do deserto, ao confinamento de palácios severamente vigiados, à ira implacável dos califas. Movido por memórias de infância que, com a leveza de tapetes mágicos, ainda flutuavam em minha imaginação, eu a via como vítima de intrigas e perseguições, protegida por uma escrava fiel, denunciada ao rei por algum vizir — e me perguntava que gênero de amante intrépido obtivera seus favores, antes de vivenciar a mais cruel das mortes, empalado em uma estaca recoberta de azeite fervendo.

Por deferência especial dos jogadores, a princesa ocupava sempre a mesma mesa de canto, o que me permitia traçar uma diagonal ascendente e emoldurar seu rosto em um triângulo formado pela tampa aberta do piano, a haste que a sustentava e, na base, as cordas douradas do instrumento. Ali, nas noites de terças e quintas-feiras, ela se dedicava a mim — e não ao Rei de Copas, ou Ás de Espadas.

Ou, pelo menos, assim me parecia. Afinal, era verão no Rio de Janeiro, as janelas mantinham-se abertas. Nada me impedia de imaginar que tocava apenas para ela.

Meu repertório, na época, consistia de Cole Porter, George Gershwin, Duke Ellington e uns poucos contemporâneos do trio. A modernidade era representada por John Lennon e Paul McCartney, Tom Jobim e Carlos Lyra. Ao final da noite, a pedido dos mais bêbados, alguns inevitáveis boleros completavam a série.

Contava eu com um bom ouvido e uma razoável formação clássica. Mas, como era meio preguiçoso, dispensava consultas a arranjos alheios. Em conseqüência, minhas interpretações tendiam a passar por um filtro schumanniano comum que as tornava muito semelhantes. Minha seleção, além disso, não durava muito mais de uma hora, no máximo uma hora e quinze, o que me obrigava, decorrido esse período (e após um intervalo de alguns minutos), a retomar a seqüência desde seu início. A vinte cruzeiros a hora (e três uísques por noite), a clientela não podia reclamar.

Uma sorte, para os propósitos que nos interessam aqui, o detalhe da repetição do repertório. Decorridas duas semanas de minha primeira visão da princesa, ao novamente tocar *The Man I Love*, confirmei a sensação que havia tido: ela baixou as cartas e voltou-se para o bar.

Tive então certeza de que me ouvia. E de que a música nos unia. Amparada pela melodia, ela cruzava tempos e paisagens distintos, sem se dar conta de que eu não só ia a sua frente abrindo caminho, como também a protegia contra os azares de sua jornada.

No intervalo seguinte decidi fumar um cigarro à beira da piscina, atento ao que se passava na sala de jogos. Quando já me preparava para reassumir meu posto, ela se aproximou da sacada, pensativa. Desejei que me visse, na esperança de que pudesse associar meu vulto a um fragmento de sua história. Mas o bom senso, que por vezes me protege, manteve-me colado contra a parede, até que ela retornou a seu assento.

De volta ao bar, fiz um esforço para tirá-la de meus pensamentos. Ao final de uma hora, porém, desisti. Criei então coragem e ataquei de chofre a melodia que se transformara no carro-chefe de meu repertório. Mas dessa vez ela não se moveu. Teria notado algo? Estaria, quem sabe, na defensiva? São muitas (e em geral vãs) as fantasias de um pianista de bar. O mais provável era que tivesse recebido cartas que exigissem sua atenção naquele momento.

Estiquei o tema enquanto pude — e nada. Produzi floreios, improvisei, namorei perigos inéditos (afastando-me do fulcro da música), costurei acordes e arpejos — e ainda nada. Quando, por fim, me preparava para concluir, ela virou-se em minha direção. Dessa feita como se formulasse um apelo. Teria dado início a um processo de entrega?

Fiz de meu piano um carrossel alado: ao abrigo de duas modulações, engrenei uma segunda e mudei de tom. Pianista algum (dos que se prezam) anima-se a repetir um tema sem recriar, sob uma ótica distinta, suas atmosferas. Felizmente para os menos talentosos, a tarefa nem sempre é complexa, pois o que soa de uma forma em lá maior adquire sabor diferente na tonalidade de ré. As transições, porém, não se fazem sem percalços. Já não podia acompanhar de perto as reações de minha princesa, preocupado que estava com a hesitação crescente de meus dedos — intimidados diante de tantas exigências novas.

Toquei, para meus modestos padrões, por uma eternidade. E, até onde me lembro, *bem*. Evitei precipícios, contornei desfiladeiros, atravessei pântanos e desertos, conquistei florestas desconhecidas, domei feras selvagens, fui festejado pelos nativos. Mas quando, encerrado o tema, ergui os olhos em busca de uma recompensa — um sorriso distante que fosse — a sala do lado oposto à piscina estava deserta. Apenas os garçons circulavam de um lado a outro, recolhendo copos e pratos vazios.

Deserta... No espaço de uns poucos minutos, enquanto me debatia em meus labirintos, arriscando a pele e o prestígio, o torneio havia chegado ao fim — e os jogadores partido. Quem sabe conversassem no corredor ao lado, ou conferissem os resultados a caminho do carro. Mas a figura encantada, que dignificara meu piano com suas saudades, desaparecera.

Meus dedos, no entanto, voltavam a percorrer o teclado, indo e vindo, em busca de algo — uma razão de ser, uma saída. Por um tempo observei-os, como se pertencessem a outra pessoa, e eu apenas sentisse uma curiosidade semipaterna por seus dilemas.

Até que o *maître* se aproximou de mim:

— Poderia repetir a última música? — pediu ele, inclinando ligeiramente a cabeça para a esquerda.

Virei-me na direção por ele indicada. Lá estava minha princesa. O rosto adornado por uma franja negra, a piteira acesa na mão, sentara-se a uma mesa de fundo, na companhia do Cônsul — que parecia reprimir um bocejo com dificuldade.

Para controlar a emoção, concentrei-me no incipiente bocejo. Indicava, claramente, que eu devia a visita a um capricho *dela*, a que seu parceiro acedera a contragosto.

Descartei, porém, toda e qualquer fantasia: deveria apenas interpretar — não atuar. Interpretar e, por meio dessa ponte invisível, proporcionar-lhe o que buscava. Se me atrevesse a ir além, se personalizasse o vínculo tênue que nos unia, se de alguma forma cruzasse certas fronteiras, a ilusão se desfaria e viraria pó, como um papiro milenar exposto ao sol. Aquela era uma trama enraizada na antiguidade e por isso inacessível a homens comuns. A tumba que eu me preparava para profanar, como arqueólogo mais do que músico, tinha as dimensões da alma humana. Cabia-me, sem nada pedir em troca, resgatar lembranças que teimavam em resistir à passagem do tempo.

O *maître* aguardava, como se seu emprego *e sua vida* dependessem de minha resposta. Mostrei-lhe meu copo vazio e, em voz baixa, pedi-lhe um uísque. Na mesma hora, da mesa ao fundo, o Cônsul convocou-o com um gesto. Minutos depois, quando, pela terceira vez, os acordes iniciais de *The Man I Love* percorriam o bar, um copo de cristal materializou-se diante de meus olhos. De uma garrafa azulada, a bebida me foi servida. Alguns arpejos com a mão esquerda facultaram-me, pela direita, o acesso ao néctar dos faraós. Ergui o precioso líquido ao ar com uma ligeira reverência, acolhida no extremo oposto da sala por duas baforadas e um segundo bocejo — sempre abafado.

Entreguei-me à arena da melodia. Como povoá-la de maneira a vencer os gladiadores que me esperavam, espadas, redes e tridentes nas mãos?

Todo verdadeiro artista é detentor de um segredo a que seus irmãos menos dotados (como eu, no caso) por vezes têm acesso — nas noites de muita sorte: em alguma parte do universo, invisível aos olhos dos comuns mortais, existe um repositório de auxílio a heróis que se dispõem a se atirar, sem hesitações, nas mais terríveis fogueiras da criação. Foi então de olhos fechados que apelei para essas reservas celestiais e me lancei sobre o piano. Não havia força que me retivesse. Estava disposto a tudo — e só lamento que o teclado onde hoje digito as presentes notas seja incapaz de reproduzir as sonoridades triunfais que, para o encantamento geral, emiti naquela noite.

Ao final, a princesa ergueu-se e, enquanto seu parceiro assinava a conta, aproximou-se do piano.

— *C'était très bien* — disse simplesmente, como se falasse para si própria. E acrescentou, antes de se dirigir para a porta: — *Je vous remercie.**

As coisas teriam ficado aí — não fosse por um detalhe. Entre as muitas vidas que levei, quando criança fui filho de diplomata — e o francês desde então se manteve como minha segunda língua. Não tive, assim, dificuldade em respon-

*Estava muito bem. Obrigada.

der. Disse-lhe, com um fervor que a fez estacar, que o prazer havia sido todo meu. E que só não o caracterizava como uma honra por me sentir indigno de merecê-la.

Quando ela se virou e riu do clichê, cegando-me com a claridade de seus dentes de marfim, acrescentei no mesmo fôlego — como o amante que jura à companheira ter feito amor pela primeira vez — que nunca havia tocado assim. E que jamais voltaria a fazê-lo com tamanha paixão. Isso dito, para realçar a veracidade de ambas as afirmações, baixei a tampa do piano com um golpe seco.

— *Même pas pour moi?* — ela indagou sem se abalar. Havia uma prodigiosa mistura de curiosidade e humor em seu olhar.

Nem mesmo para mim...? A transição entre a realidade e a magia, tão frágil e inesperada, proporcionou-me a ocasião de que eu tanto necessitava.

— *Pour vous, toujours...* — consegui balbuciar, surpreso com minha ousadia, antes de penetrar no perigo supremo e definitivo — *...mais pas ici.**

— *Venez donc me voir un soir* — disse ela com igual naturalidade, murmurando em seguida: — *Je suis au Copacabana Palace.***

Pronunciara "paláce", notei, o coração batendo, enquanto a seguia com os olhos.

— Toca um bolero — gritou o bêbado sentado a minha esquerda.

---

*Para você sempre...mas não aqui.

**Venha me ver uma noite, estou hospedada no Copacabana Palace.

Na saída, ela virara-se para mim e, enquanto seu companheiro abria a porta, despedira-se com um aceno.

— Um *bolero* — repetiu o bêbado balançando em seu banco.

Pensei em agarrá-lo pelas orelhas e jogá-lo na piscina, tamanha a necessidade que sentia de dar vazão a uma energia que não podia mais conter. Tremia, pálido como um Chopin tuberculoso suando à luz de candelabros. Algo o infeliz viu de meu delírio, pois acrescentou:

— Deixa pra lá.

Os três dias que se seguiram foram gastos em preparativos. Acordava cedo, fazia flexões, corria na praia, trabalhava meu repertório. Em busca de detalhes que pudessem me amparar nessa viagem rumo ao desconhecido, reli a vida de Cleópatra.

Choveu muito no Rio de Janeiro, naqueles dias. Mas, domingo à tarde, a chuva cessou por completo e algumas estrelas surgiram no céu. Depois de inspecioná-las com cuidado, decidi que, à falta de outras sinalizações, me valeria da cumplicidade daqueles astros para fazer frente a meu destino. Dediquei-me então a examinar meu guarda-roupa, de modo a conciliar, dentro do possível, elegância e discrição. Às sete e meia, fortalecido por um banho meticuloso e um chope tomado em um botequim próximo, apresentei-me no Copacabana Palace.

Tinha, com nossa Acrópole carioca, certa dose de intimidade. Em menino, havia aprendido a nadar em sua piscina, na turminha de crianças que Maria Lenk treinava. Todo sábado chegávamos, mamãe e eu, à famosa pérgola, cenário no qual, na noite anterior, haviam transcorrido algumas das principais peripécias da cidade, protagonizadas, segundo a época, por Orson Welles ou Lana Turner, Flor de Trujillo ou Baby Pignatari. Pela manhã, porém, todo e qualquer vestígio daqueles embates noturnos desaparecera, e éramos nós, crianças, com nossos pequenos trajes de banho coloridos e pranchas diminutas, que nos expúnhamos às delícias da aventura e do perigo, sob a supervisão carinhosa da grande campeã olímpica e o olhar orgulhoso de nossas mães. Munidos de uma confiança mal conquistada, cruzávamos então, intrépidos, aqueles mares e oceanos.

Antes de me apresentar na recepção, visitei minha piscina, em busca do menino que, em um passado quase esquecido, se entregara àquelas águas esverdeadas. Teria ele sonhado em se deparar um dia com um tal desafio?

Sim — decidi em um impulso. Se não equivalente, pelo menos próximo. Algo que tivesse, em comum com minha sereia, uma medida de sonho. A constatação foi importante para mim naquela hora de incertezas. Fez-me acreditar que houvesse um elo profundo a vincular os primórdios de meu heroísmo à missão que me trazia.

O que pretendia exatamente? Amar aquela mulher por uma noite inteira, sem dúvida, de mil formas e maneiras, saciá-la muito além dos limites do imaginável, ouvi-la gritar nas línguas mais misteriosas e, com isso, eleger-me príncipe entre meus rivais. Depois, partir com ela pelo interior do país, chegando, por campos, lagos, rios e florestas, a regiões secretas e inacessíveis, onde nem mesmo os emissários enviados pelos califas e grão-vizires de sua terra nos encontrariam.

Ou algo no gênero. Nesse meio-tempo, contudo, a realidade batia a minha porta.

— Lamento muito — disse-me o *concierge* em uma voz polida —, mas a senhora está recolhida e deixou ordens para não ser incomodada.

Recolhida...

— Mas ela está me esperando — insisti em um tom murcho.

— Lamento — repetiu o homem, mais seco, erguendo os olhos de seu registro, os óculos de aro fino na ponta do nariz.

Não telefonara para confirmar a visita, por julgar que nosso encontro deveria se dar no plano da casualidade, algo que, verbalmente expresso, se traduzisse por um "*ah, você? que simpático ter vindo...*".

Agora, porém, estava arrependido. E preparava-me para abandonar o templo de minha infância, quando escutei, bem a meu lado:

— *Bonsoir.*

E, em seguida, enquanto me refazia do susto:

— *The Man I Love...*

Era a primeira vez que nos encontrávamos de pé, tão próximos. (No bar do clube minhas pernas haviam tremido tanto que eu não ousara me levantar.) Tínhamos a mesma altura, uma boa notícia, considerada minha estatura discreta. E ainda era possível que ela estivesse de salto.

O *concierge* bateu em retirada.

— *Puis-je vous inviter à prendre un verre?** — indagou ela dirigindo-se à pérgola.

---

*Posso convidá-lo a tomar algo?

Acabara de entrar no saguão, vinda não sei de onde, talvez de uma caminhada solitária pela praia ao entardecer. Uma aparição, em suma, uma gentileza dos sacerdotes, comovidos com minha audácia. Sua presença a meu lado, quase irreal, envolvera os demais hóspedes e visitantes em uma pesada neblina, fenômeno que também afetava os porteiros e recepcionistas.

Criei coragem — e peguei-a pelo braço. O silêncio nos unia, entrecortado apenas pelas ondas do mar quebrando na areia.

Sentamos a uma mesa próxima ao bar. Contei-lhe que aprendera a nadar naquela piscina.

— Ah... — ela exclamou, contemplando as águas com interesse. Rindo, perguntou se eu nadava tão bem quanto tocava piano.

Animado, falei um pouco de minha infância e adolescência. A certa altura, encostei minha cadeira na dela. Disse-lhe que uma outra piscina, mais recente, havia fornecido a moldura para sua imagem na sala de jogos. Quando ela não reagiu, fui mais específico, falei-lhe das luzes coloridas que haviam pulsado a seu redor quando a vira pela primeira vez. De sua bolsa ela retirou um maço de cigarros e, por um instante, receei que a estranha piteira, que me causara certo desconforto no clube, fizesse uma nova aparição entre nós. Foi, porém, um pequeno isqueiro dourado que brotou de sua mão.

— *Est-ce que vous fumez?** — ela perguntou, oferecendo-me o maço.

---

*Você fuma?

Não parecia haver prestado atenção ao Renoir que eu recriara em sua homenagem. Deu-me a impressão de aguardar algo. Teria instalado em sua suíte um piano de cauda — e ansiaria agora pela hora de mudarmos de cena e, quem sabe, de andamento?

Sem ter como me certificar, recusei o cigarro e preferi esperar um pouco. Respirei aliviado quando ela se pôs a falar. Não muito, mas o suficiente para me permitir *senti-la*. Discorreu sobre uma viagem a Istambul, cidade que por duas ocasiões chamou de *Constantinopla*, lapso que me levou a pensar que, como certas bruxas nos contos de fada, tivesse cento e vinte anos de idade. Por um comentário que fez, entendi que descendia apenas indiretamente do Rei Farouk, casado com uma prima-irmã de seu avô. O parentesco, como se apressou a explicar, situava-a na periferia (e não no centro) da aristocracia egípcia. Tanto que ficara intrigada quando soubera que nossos colunistas sociais se referiam a ela como *princesa*. Mas relativizara a honraria ao ser convidada para participar de um desfile de escola de samba — percebera aí que nossos códigos sociais eram tão flexíveis quanto voláteis.

Ainda tateando, indaguei sobre suas impressões do Brasil, esperando, quem sabe, descobrir algo relativo à duração de sua estada entre nós. Mas ela nada disse a respeito.

Conversamos por uma meia hora, ela bebendo água mineral, eu uísque. Até que em determinado momento, como que abrindo um atalho luminoso em nossa conversa, ela formulou uma pergunta, cuja importância, a meus ouvidos atentos, derivava da duplicidade de sentidos do verbo *jouer*. E do truncamento (secreto) de duas preposições. Com um sorriso que mal encobria certo grau de urgência, ela indagou:

— *Voulez-vous jouer pour moi?**

O olhar, contudo, parecia sugerir:

— *Voulez-vous jouer* avec *moi?***

*

Parecia sugerir, eis o problema... O desenlace, implacável e cruel, surgiu logo após deixarmos a piscina, quando, com a naturalidade usual, minha anfitriã guiou-me, não na direção dos elevadores, a caminho de seus aposentos, como eu esperava, mas na da escadaria que nos levaria ao mezanino. Emitia, assim, um sinal de que nossa grande noite de amor não passaria de uma miragem.

Deu-se ali, nas proximidades de um degrau de mármore diante do qual parei, uma primeira nota destoante: meus joelhos, alertados para o que ocorria, hesitaram. Os elevadores haviam ficado para trás — e eu me descobria perdido na orilha de um deserto.

— *Qu'avez-vous? Êtes-vous souffrant?**** — indagou ela, ao notar minha palidez.

Atribuíra-lhe um desejo que ela, de fato, nutria. Mas não por mim. Como poderia ter sido ingênuo a ponto de supor que, por meio de um simples golpe de mágica, no caso uma

*Você não quer tocar para mim?
**Você não quer brincar comigo?
***O que houve? Você está se sentindo mal?

mera melodia, eu teria acesso a tesouros que, por direito de conquista, pertenciam a outro?

A cortesã, desde séculos (e palácios) imemoriais, não se entrega ao bobo da corte. Ri de seus folguedos. Finge chorar de suas tristezas. Mas, ao abrigo de um leque ou véu, troca, furtivamente, olhares com o amante que suspira ao lado. E se o pobre bobo ousa incorporar a suas troças uma ilusão — a de se julgar alvo de um afeto fugaz —, perde a graça e, com freqüência, a vida.

Pequei, assim, como escritor, ao me manter casto como pianista — e pilotar o leitor na direção do que não houve. Mas nem tudo são perdas, como se verá. E se, por circunstâncias que escapam a meu controle, vejo-me impedido de expor os detalhes de um enlace que permaneceu confinado ao universo das expectativas, posso, em compensação, decorridos mais de trinta anos de nosso encontro, revelar o que sucedeu naquela noite, quando minha companheira me consolou da decepção sofrida com uma confidência singular.

Por que eu?, indaguei-me nos meses que se seguiram. Por uma música ouvida em um momento de fraqueza? Por uma necessidade imperiosa de desabafar com um forasteiro? Movida pela estranha confiança que por vezes cria elos sólidos entre seres frágeis?

Antes da reforma dos anos oitenta, o hotel mantinha, no mezanino, próximo às janelas que davam para o terraço e a Avenida Atlântica, um Steinway de meia cauda. Exceto por uma senhora de aparência inglesa que lia uma revista ao fundo, a sala, para nossa sorte, estava deserta.

Dividíamos a banqueta do piano (ela sentada a minha direita) e, enquanto conversávamos, eu dedilhava os temas de meu repertório, como se a música fosse agora um contraponto aleatório para nossas palavras. Comentamos os filmes e as peças de teatro que as melodias evocavam. Ela não conhecia Nova York, mas valera-se de uma visita a Londres, com uma amiga, para assistir a diversos musicais. Pelas revistas que recebia, mantivera-se informada sobre o que qualificou como "*the international cultural scene*".

Foi por sinal em inglês, através de uma frase dita a meia voz, que ela me introduziu na ante-sala de seu segredo. Àquela altura, conversávamos havia algum tempo em círculos. A verdade nasceu por etapas, a partir de uma confissão extraída da fronteira entre o pensamento e a palavra — e que tomou forma entre nós de maneira inesperada.

— *The man I love...* — ela deixou escapar de olho nas estrelas.

E, após uma leve pausa, completou:

— *... is a woman.*

Pronunciara *iz* e enfatizara a primeira sílaba de "*woman*" *(vúman)*, o que conferira a suas palavras uma qualidade de citação, como se tivessem sido enunciadas por uma atriz francesa ou alemã dos anos quarenta — mas em um filme americano.

A água mineral por ela tomada na piscina dera lugar a uma generosa dose de uísque sem gelo, que já ia pela metade. *Ze man I lov,* repetiu acariciando meu rosto com o indicador, *iz a... vúman*. E riu, a cabeça jogada para trás, o copo suspenso no ar.

Fingi não atribuir importância à declaração e continuei a dedilhar o piano, como se meu círculo de relações rotineiramente incluísse princesas egípcias ansiosas por revelar aspectos extracurriculares de suas vidas nos salões de um hotel perdido nos trópicos. Ela então esvaziou o copo de um gole só. Parecia decepcionada.

De bobo da corte a confessor, que trajetória mais insólita, pensei comigo mesmo. Sentia-me reduzido a uma sombra. Era isso... As sombras não falam ou, se o fazem, não são ouvidas — daí a invisibilidade de meu Renoir. Quem sabe, tampouco escutem. Sim... Estava ali apenas para tocar. Só que levara minha missão às últimas conseqüências. E tocara *nela*.

— *My husband killed her* — acrescentou, dessa vez de olho em mim —, *the woman I loved.**

Em seguida, armou o polegar, apontou o indicador para o céu, fechou o olho esquerdo como se mirasse e, produzindo um estalo seco com a língua, *tlac*, disparou sua bala prateada pela janela aberta.

Inclinei-me sobre ela e beijei seus lábios.

A princípio ela não se moveu, como se, em uma sala de um outro palácio, o corpo da amante ainda estivesse rolando sobre o tapete, diante de seus olhos estarrecidos. Logo, porém, afastou-se ligeiramente de mim.

— *Non...* — deixou escapar baixinho. E, com um sorriso no qual a melancolia predominava sobre a tristeza, recolocou meus dedos sobre o teclado do piano.

---

*Meu marido matou-a, a mulher que eu amava.

— *Non...* — repetiu.

Por um instante permanecemos assim, ela com a mão direita sobre meus dedos, eu sem encontrar palavras que me situassem em uma cena remota, perdida em um país estranho, ao centro da qual uma memória agonizava.

— *Mais pourquoi?** — ainda perguntei, impotente diante da enormidade das distâncias que nos separavam.

A indagação cobria um vasto espectro, que ia de sua mão contendo a minha no teclado às raízes mais profundas do crime que dera um novo rumo a sua vida — obrigando-a a abandonar o seu país e, por razões que continuavam a me escapar, buscar refúgio no Brasil.

— *C'est comme ça* — ela respondeu.

É assim... O tom era fatalista. E, no que nos dizia respeito, conclusivo.

Confiara em mim. Revelara sua herança maldita. Agora, de pé ao lado do piano, aguardava que eu a acompanhasse até o elevador. Nossa noite de amor chegara ao fim.

Ergui-me com dificuldade e a segui.

— *À mardi* ** — disse ela sem me olhar, quando as portas se abriram.

Depois que ela subiu, permaneci imóvel por alguns momentos, o olhar voltado para o Steinway fechado. A inglesa pousou sua revista em uma mesa de centro e abriu a bolsa, de onde extraiu um lenço e uma chave. Sorriu em minha direção. "*Very nice*", murmurou, apontando para o piano. E assoou o nariz.

---

*Mas por quê?

**Até terça-feira.

Desci a escadaria. Ao passar pela recepção, dobrei à direita e retornei à pérgola. Teria gostado de tirar as roupas e mergulhar, inteiramente nu, nas águas claras de minha infância.

Na terça seguinte *Bewitched* foi incorporada a meu repertório. Em nenhum momento a princesa olhou na direção do bar. Nem quando toquei *The Man I Love*, agora enriquecido por sua mais recente variação, *iz a vúman*. Sabia, contudo, que eu estava lá, atento a minha função primeira de abrir caminho para o passado e, na medida do possível, ampará-la no presente.

Na quinta-feira ela não veio. Ao final da mesma semana, o pianista titular do clube, que eu substituía em suas férias, antecipou a volta e reassumiu o posto. Confiei ao garçom, que pela primeira vez me falara da princesa, uma curta nota de despedida. Reproduzia as últimas barras de nossa melodia, desenhadas em uma pauta musical, ao pé da qual assinei meu nome. Ela entenderia. Ou não.

Aproveitei minha saída do clube para mudar de vida. E fiz concurso para a carreira diplomática, na esperança de, um dia, visitar o Cairo. Percorreria as ruas por onde ela passara, sentaria nos salões de chá que ela freqüentara. E, de óculos escuros, por detrás de um enorme jornal aberto, ouviria da mesa ao lado as conversas que ela tivera com a amante sobre as peças a que, juntas, haviam assistido em Londres. Apreciaria o encanto de suas risadas cristalinas cortando o ar, espiaria suas mãos se tocando. Quanto ao hino que escutavam enlaçadas, e que soaria no ar a nossa volta, não havia no mundo quem com ele tivesse maior intimidade que eu.

No exame psicotécnico, quando indagado sobre as razões que me haviam levado a escolher a carreira diplomática, respondi, com uma tranqüilidade que não terá escapado ao psicólogo: "Um dia conto." E acrescentei: "Quando fechar o ciclo."

— Pode levar tempo — ponderou o psicólogo.

— O tempo trabalha a nosso favor — insisti.

Para minha surpresa, fui aprovado e ingressei no Itamaraty. Dez anos depois, recebi um convite para servir no Egito. Mas recusei. Acumulava, àquela altura, vários fantasmas próprios, alguns ciumentos. Já não teria condições de lidar com os alheios.

Getúlio

Não havia nada de propriamente errado com Getúlio — e a partir desse patamar mínimo de avaliação era possível inventariar, sem grande esforço ou alarde, algumas de suas qualidades. Dizia-se dele que era um *bom sujeito*. Ou que era *prestativo*. A título de exemplo de sua boa vontade e de seu espírito de iniciativa, alegava-se que não havia ninguém como ele para descobrir, em algum ponto obscuro do centro da cidade, a loja ideal para consertar uma máquina cujas peças de reposição só existissem na Europa. Dizia-se, também, e isso era certo, que fazia companhia a meus pais — em uma fase de suas vidas em que poucos se dispunham a tanto.

Aparecera no seio de nossa família, não se sabe trazido por quem, nos idos dos anos cinqüenta. Dava para situar a época com alguma margem de precisão porque minha irmã havia achado, ao revirar uma velha chapeleira com nossos álbuns de família, uma fotografia em que ele podia ser visto, ao fundo, por detrás de nossa avó, em uma festa de aniversário de mamãe — "*23 de maio de 1953*", registrava a anotação a lápis no verso. Não devia passar dos vinte e cinco anos na ocasião, mas já ostentava um ar sério de quem enfrentara sua quota de aventuras e sobrevivera a alguns naufrágios.

É também possível que ele tivesse chegado, aportado diria eu até, a nossa casa um pouco antes. Mas não muito, pois só nos mudamos para a rua das Palmeiras, em Botafogo, no ano de 1952, logo após o falecimento de meu avô paterno — que comprara a mansão de seu proprietário original na década de trinta.

O certo é que, como tantos outros agregados que de uma maneira ou outra buscavam abrigo junto a famílias brasileiras de classe média alta, uma faixa cujos parâmetros em geral previam casa própria, nome honrado e renda confortável (mas sem excessos), Getúlio valera-se de uma brecha afetiva de origem hoje esquecida para se introduzir discretamente em nossa intimidade.

Em nenhum momento, contudo, ao longo de mais de trinta anos, abusou do privilégio. Quando *exagerava* aparecia quatro ou cinco dias seguidos, para logo depois dar uma folga de outros tantos. Por onde andava quando por lá não estava, ou o que fazia de maneira geral na vida, nunca soubemos com exatidão. Mas não parecia ser algo que, se interrompido, causasse um grande transtorno aos destinos da humanidade. Constava que tinha um modesto cargo de funcionário público no Ministério da Fazenda, onde meu pai, tendo certa vez comparecido àquela repartição atrás de algum papel, o encontrara em um corredor. Acreditava-se também que trabalhava, a título de bico, como despachante em um cartório.

Cunhou-se em sua homenagem, sem grande originalidade, uma fórmula para as ocasiões em que se tornava necessário apresentá-lo a terceiros ("*Getúlio, um amigo da família*"), palavras que caíam nele como uma luva — mas dessas que tendemos a esquecer em um fundo de gaveta. A periodicidade de suas visitas evoluíra gradativamente, a tal ponto que nem eu, nem meus irmãos, e muito menos nossa mãe, do alto de seus oitenta e sete anos, teríamos hoje condições de determinar em que momento exato aqueles atos de presença haviam cruzado a fronteira do episódico para se instalarem na província mais benevolente da rotina.

Seja como for, a evolução se dera. Resultara, sobretudo, do vácuo familiar criado com a ausência sucessiva de cada um de nós, os *três filhos da casa*, como dizia mamãe. Eu, primeiro, como mais velho, que deixei meu quarto em Botafogo quando me casei e me mudei para São Paulo — cidade na qual residi por uns quinze anos. Minha irmã, em seguida, ao conseguir uma bolsa de mestrado que a levou a se mudar para a França e, mais adiante, para Florianópolis, onde até hoje mora com o marido. E, por fim, nosso irmão caçula, que ingressou na marinha mercante e passou, por força da carreira, a alternar seus períodos de exterior com breves escalas em portos brasileiros.

Era inevitável que nosso êxodo progressivo abrisse espaços em um lar cujo principal traço havia sempre sido o de receber, para um guaraná ou copo d'água que fosse, quem dele se aproximasse de boa-fé, filosofia que não excluía vendedores variados, afiadores de facas, garrafeiros, pregadores religiosos e, em vésperas de eleição, vereadores em busca de votos. Getúlio deve ter sido uma dessas pessoas, entre parentes, amigos e desconhecidos, que, em momentos diversos, bateram a nossa porta sob um pretexto qualquer. À diferença das demais, porém, permaneceu fiel ao hábito, seja porque acompanhava com nossos pais alguma novela de fim de tarde, seja porque, como costumava dizer à falta de idéia melhor, "*estava de passagem pelo bairro e resolvi ver como andavam*".

Andávamos todos bem naquela época, nós, os três filhos, pelo menos. Às voltas com um período fértil em transições que se estendeu por muitos anos, e que correspondeu a nossa fase de entrada e saída de colégios e universidades, primeiros empregos, namoros ou noivados, mantínhamos um pé na casa paterna e um olho na estrada, crescendo e abrindo espaços em um país que, entre a política e o futebol, nos irritava ou alegrava por vezes, sem jamais nos decepcionar de todo.

Ao longo desses anos, Getúlio raramente permaneceu em nossa casa muito além das nove da noite. Contavam-se nos dedos as ocasiões em que, devido a uma tempestade inesperada, dormira no pequeno quarto de hóspedes do térreo — e assim mesmo só depois de muita insistência de nossa parte. Aceitava, em compensação, convites para um lanche e, vez por outra, para jantar. As empregadas tratavam-no com carinho, não só porque ele se dispunha sempre a ajudá-las de alguma forma (levando os cachorros para passear, ou fazendo uma compra de última hora na mercearia da esquina), mas também porque era bom conversador e desfiava, em homenagem a elas, intermináveis histórias — quando não havia ninguém da família por perto.

Na presença de nossos pais não era de falar muito. E, depois que oferecia uma opinião sobre um assunto, não costumava insistir. Papai o considerava politicamente ingênuo, mas mamãe sempre ouvia com simpatia suas restrições eventuais a determinado prefeito ou deputado, bem como seus comentários favoráveis à construção de Brasília, tema que em geral deixava meu pai desconsolado.

Com suas roupas modestas e seu ar atento, os pequenos pacotes que por vezes trazia às mãos (embrulhados com barbante em folhas de jornal), e a distinção única de ser primo em quinto grau de Dolores Duran, Getúlio era um filósofo com alma de dama de companhia. Seu único defeito mais visível consistia em roer unhas, um hábito que incomodava minha mãe, sem de todo aborrecê-la.

Com o passar dos anos, tornara-se tão indispensável quanto, no plano do mobiliário, uma cristaleira, ou um criado-mudo. (Comentário que me permito fazer sem crueldade, ou cinismo maior, pois meu carinho pelas duas peças é conhecido.) Se hoje os costumes mudaram a ponto de já não abrirem espaço para que figuras como essas sobrevivam, tais as limitações que o atual ritmo de vida nos impõe, naquela época, ou melhor, naquele final de época, era possível contar com esse exército anônimo de Getúlios, que perambulavam de bairro em bairro, de rua em rua, de família em família, com uma determinação de formigas — mas com a missão salutar de nada fazer ou pleitear. O Rio de Janeiro, com seus bondes e lotações, e sua paisagem despojada de violências, teria sido mais pobre sem eles.

Arriscaria até dizer que boa parte das famílias de configuração semelhante à nossa tinha seus Getúlios, uma gente que entrava pela porta da frente com ar de quem ingressava pela dos fundos — mas com um sorriso que ajudava a atenuar as diferenças entre as pessoas. E se me excedo um pouco nessa apresentação, é para melhor situar a cena de que participei, quando, de comum acordo com meus irmãos, mas sobretudo por inspiração minha, decidimos, já em meados da década de oitenta, que a presença em Botafogo daquele eterno visitante se tornara algo incômoda e, quem sabe, inconveniente.

Os tempos, seja dito a nosso favor, haviam mudado. O velho casarão continuava lá, como continua até hoje. Mas seus espaços, apesar de fisicamente ampliados em virtude das deserções da geração mais jovem, haviam, na prática, encolhido. O que minguara, no fundo, era a disponibilidade que nossos pais, às voltas com problemas de velhice e mazelas de outro tipo, ainda poderiam ter para aquele personagem que continuava a bater à porta deles com a mesma regularidade. "*Getúlio passou por aqui hoje*", suspirava minha mãe ao telefone em nossas conversas dominicais. E o tom resignado de sua voz dizia tudo. De fato, como poderia ele, com seu ar tímido, corpo franzino e roupas mirradas, preencher sozinho todas as carências que agora se abatiam sobre a velha casa? Como poderia representar, com dignidade, a única novidade mencionável do dia, da qual minha mãe, sem expor suas vulnerabilidades ao mundo, desse conta a terceiros?

Meu pai, que dera início a um processo de esclerose galopante, limitava-se a esbarrar em Getúlio pelos corredores, jamais se referindo a ele de maneira a destacá-lo na paisagem labiríntica de sua mente. Mas seu silêncio era preferível ao tom lacônico de minha mãe, cujas pausas acentuavam o lado patético de visitas que, com o tempo, adquiriam um ar de aparições, como se fosse a sombra de Getúlio, e não mais sua pessoa, que tomasse a iniciativa de se apresentar entre eles.

O princípio do fim, por assim dizer, teve uma origem inusitada. Deu-se pouco antes da morte de papai, quando nosso amigo, pela primeira vez em muitos anos, que se soubesse ao menos, pediu um favor a minha mãe: solicitou-lhe que guardasse em algum canto, por uns dias, uma mala que alegava não ter onde deixar. Por essa mesma época, um delegado de polícia bateu a nossa porta, fazendo perguntas sobre um *elemento* cujo nome exato aparentemente desconhecia — mas cuja descrição poderia corresponder à de Getúlio.

O inspetor foi recebido por Teresa, nossa cozinheira, que sem lhe fazer caso despachou-o em minutos — alegando que meus pais descansavam e que naquele momento não havia mais ninguém em casa. Somente dias depois foi que lhe ocorreu mencionar o episódio por alto.

A doença de papai levara minha irmã e eu a nos deslocarmos para o Rio de Janeiro. Por coincidência, o navio de nosso irmão acabara de atracar na Praça Mauá. A inesperada reunião da família, aliada ao entra-e-sai de médicos e enfermeiros, fez com que também não déssemos importância à visita do inspetor. Passada uma semana, porém, Teresa foi surpreendida com uma foto três por quatro do delegado na quinta página do jornal, ao lado de outra onde seu corpo aparecia crivado de balas. Aflita, voltou a relatar, dessa feita em minúcias, a conversa que haviam tido. Só então fomos levados a estabelecer uma conexão direta entre a figura delicada de Getúlio e o retrato do policial agora morto. Àquela altura, contudo, a mala já sumira da rua das Palmeiras.

"Era só o que nos faltava, ter a polícia rondando nossa casa", declarei, carregando nas cores, ao tomar conhecimento dos fatos. Agreguei que tampouco convinha dar abrigo a uma pessoa cujas origens, apesar de sancionadas pela passagem do tempo, no fundo desconhecíamos. Meus irmãos, depois de hesitarem um pouco, terminaram por concordar. Coincidimos, também, em que não colocaríamos mamãe a par de nossa decisão. Caso ela desse por falta do visitante, diríamos que viajara para o interior por uns meses, de modo a prestar assistência a um parente enfermo.

Coube a mim a tarefa delicada de comunicar a Getúlio que sua presença em nossa casa já não era desejada. Em alguns dias mais, ele apareceu — em seu horário habitual de fim de tarde. Despertei sobressaltado da sesta que fazia: se havia algo de inconfundível entre os muitos sons que povoavam nossa rua, era a leveza de seus três toques na campainha.

O encontro se deu na copa, uma saleta na qual costumávamos fazer as refeições quando crianças, e onde ele próprio passava boa parte do tempo, às voltas com velhos jornais e revistas. Foi uma conversa tentativa, cheia de pausas e omissões, pois preferi não vincular de maneira muito direta minhas palavras aos dados de que dispúnhamos. Procurava, por essa via, criar uma distância prudente entre a casa paterna e as ações de que ele pudesse ter participado. Por outro lado, tampouco podia ignorar a informação do jornal sobre o delegado, nem omitir o fato de que o infeliz, dias antes de seu suplício, batera a nossa porta. Excluída a possibilidade de uma coincidência, havia ali matéria para reflexão.

Optei então por uma série de comentários oblíquos, através dos quais sugeri que não estávamos inteiramente alheios ao que *talvez* tivesse acontecido. Fórmulas com ar de pigarro, digamos assim. Mas que terão produzido seu efeito, pois meu interlocutor, após um suspiro, balançou a cabeça em um vago sinal de assentimento. Havia em sua atitude algo que me fez pensar em um profundo cansaço. Ao se levantar da mesa, contudo, fez uma ponderação: precisava resgatar alguns objetos antes de partir.

Meio sem entender, concordei. E foi aí que Getúlio deu início a um sinuoso percurso por quartos, salas e corredores, ao longo do qual, para minha crescente surpresa, recolheu de cada armário — e não eram poucos os que tínhamos — pacotes de tamanhos variados, muitos embrulhados nas famosas folhas de jornal nossas velhas conhecidas. Vez por outra, lançava-me um pequeno olhar e encolhia os ombros, como se dissesse "*o que é que você quer, é a vida...*" — e seguia adiante.

Parecia ter guardado de memória a localização exata de cada embrulho, o que me levou a crer que os inspecionava, ou atualizava, periodicamente. Ao final da coleta (e foram necessárias duas viagens à copa para reunir a coleção completa), contabilizei dezessete volumes de tamanhos variados sobre a toalha. Getúlio, que partira em uma terceira peregrinação, regressou então à copa com um terno azul-marinho dependurado em um cabide de arame, cujo gancho prendeu à maçaneta da porta. Imóvel ao lado da mesa, contemplou seu tesouro, à espera de um comentário de minha parte.

Fui obrigado, naquele momento, a tomar uma decisão rápida. Se indagasse pela origem dos pacotes, ou viesse a ter ciência de seu conteúdo, abrindo um deles por exemplo, tornava minha família cúmplice de atos cuja verdadeira natureza preferiríamos ignorar. Se, por outro lado, fingisse que não existiam, concedendo-lhe uma espécie de salvo-conduto para retirá-los impunemente dali, estaria sancionando, não apenas a presença daquele patrimônio clandestino em nosso meio, como, em bases retroativas, as ações que a ele pudessem estar associadas.

Dos males o menor, pensei então — optando pelo silêncio. E perguntei a Getúlio se ele dispunha de dinheiro para um táxi. A consulta permitiu circunscrever o tema de sua partida ao universo ameno das questões práticas. A mão que ele enfiou no bolso retornou vazia. Puxei então umas notas de minha carteira, tendo o cuidado de não exagerar. De modo algum queria sugerir, nem mesmo remotamente, um quadro de suborno. Não tinha, por outro lado, como avaliar a soma de que necessitava, pois nada sabia de seu destino. Quando nossos olhares se cruzaram, percebi que ele próprio tampouco se sentia em condições de definir seu rumo com precisão.

Nesse exato instante, como em geral acontece com histórias semelhantes, um dos embrulhos que se mantivera precariamente equilibrado sobre os demais rolou do topo de sua pirâmide e, antes que pudéssemos alcançá-lo, caiu no chão — produzindo um ruído de vidro quebrado. Sua forma lembrava a de uma pequena bandeja. Era, na realidade, um porta-retratos, como o papel desfeito me permitiu notar.

Nada recomendava meu acesso direto àquela imagem. Mas a expressão estática de Getúlio — que, longe de se mover, permanecia atento a minha reação — obrigou-me a resgatar o embrulho do chão. E, a pretexto de recolher os cacos, a entreabri-lo sobre a toalha.

A fotografia, em preto e branco, já meio amarelada nas bordas, estava de cabeça para baixo. Foi com naturalidade que a endireitei sobre a mesa — prisioneiros que somos da automaticidade de certos gestos. Julgava-me, também, a salvo de um maior confronto. Por singular que fosse a foto, ela dificilmente me forneceria a chave para um mistério — cujos contornos, àquela altura, eu já nem pretendia decifrar.

O que não me ocorreu foi que ela pudesse encerrar um segredo ainda maior. Tanto que demorei para *entender* seu significado. Em si mesmo, o flagrante era singelo. Lá estavam minha mãe e Getúlio. Mas um Getúlio cujo sorriso luminoso contrastava com sua timidez habitual. Quanto a minha mãe, não exageraria se afirmasse que ela estava irreconhecível. Seria a pose, entre o relaxamento e a entrega? Ou algo relacionado ao chapéu de palha, ligeiramente enviesado sobre sua cabeça? O resultado era tão inusitado que preferi me concentrar, por alguns segundos, na paisagem à volta do casal. E foi então que a revelação encheu meus olhos: era de um *casal* que se tratava.

Getúlio continuava imóvel a meu lado. Dava-me tempo para digerir a cena e situá-la em um plano inteligível, ou melhor, assimilável. Sabia que eu não poderia manter o silêncio indefinidamente. E muito menos passar ao largo da descoberta.

O que significaria aquilo? Voltei-me para seu lado com um ar de espanto. Não me recordo se deixei escapar alguma palavra, mas algo devo ter dito, pois ele ofereceu uma explicação:

— Um passeio... — disse.

— Sim — interrompi — mas ...

Calou-me com um só olhar. De uma tal urgência, que reduziu minha perplexidade a pó: *você quer realmente saber?*, parecia indagar. Por um segundo, senti, em sua atitude, uma preocupação genuína. Algo que, não fosse o mal-estar, não fosse o pudor, não fossem as alianças e lealdades filiais, definiria como *paterno*.

— Uma ida ao Pão de Açúcar — continuou ele, avançando um pouco mais no terreno dos desdobramentos plausíveis e palatáveis. — Mandei fazer uma moldura especial.

Marcava as pausas, para que eu pudesse tirar o máximo partido do lado objetivo de suas palavras. Graças ao subterfúgio, era a moldura, e não a situação, que fazia jus à qualificação de especial.

— Foi na época dos bondinhos antigos, aqueles pequenos, que balançavam muito com o vento — prosseguiu no mesmo tom.

Em seguida riu, resgatando a alegria que minha mãe e ele teriam experimentado naquela tarde esplendorosa. E retirou, com toda naturalidade, a foto de minhas mãos, pousando-a sobre a toalha. Dirigiu-se então à cozinha, de onde regressou com a lata de lixo. Recolheu os cacos e reembrulhou a foto no velho papel. Depois murmurou:

— Bem...

O momento da despedida havia chegado. Longe de refletir um mero capricho do destino, a queda do porta-retratos parecia haver obedecido a um propósito. O de conferir um mínimo de dignidade a sua partida. A que preço não importava.

Ainda meio zonzo, vi quando ele saiu em busca de um táxi. Tive vontade de me valer de sua ausência para desfazer os demais embrulhos. O que conteriam? Quantos roubos adicionais encobririam? Que universos distintos implodiriam?

O ruído de passos cruzando o pátio me trouxe de volta à realidade. Cheguei, inclusive, a participar do transporte de seus pertences até o táxi. Na calçada, trocamos um rápido aperto de mãos. A minha, flácida, suada. A dele, leve.

Três semanas depois, papai faleceu. No velório, notei que mamãe, vez por outra, lançava um olhar furtivo em direção à entrada da capela. Sua tristeza, ao invés de arrefecer, parecia aumentar a cada abraço que recebia dos parentes e conhecidos. No cemitério, porém, ela passou a mão pelos cabelos e ensaiou um sorriso tímido: Getúlio nos aguardava ao pé da sepultura.

Aquela era uma história que dificilmente seria enterrada com meu pai — pensei então. Não por sua natureza extraordinária, mas pela constância com que não deixava de me surpreender. E tive prova disso quando o caixão baixou à sepultura e Getúlio mostrou suas unhas para minha mãe. Brilhavam ao sol, impecáveis. Grandes e polidas.

— Consegui parar de roer — disse ele com mal disfarçado orgulho.

— Já não era sem tempo — murmurou mamãe.

Flor ou doença

O tapa na cara a desconcertou. Apesar da violência verbal com que o agredia, tivera até ali a certeza de que sua reação se manteria confinada aos limites de um silêncio envergonhado. Era *dela* o monopólio da fúria. Sentados lado a lado no interior de um trem parado em uma localidade perdida em plena Mongólia, em meio a uma ventania que já adquiria as proporções de uma tempestade de areia, ela vinha falando em uma voz surda sem ser interrompida havia algum tempo. Três horas, se tanto, tinham transcorrido desde que, ao fazer as malas no hotel deixado pela manhã, descobrira o bilhete da amante no bolso de uma das calças do marido.

O gesto de enfiar a mão no bolso da calça obedecera a um estímulo tão inocente quanto mecânico. Não convinha sair do país com um resto de dinheiro que dificilmente teriam como trocar uma vez chegados em casa.

Casa... A raiva dominara-a por completo. Em sua cidade, talvez em seu bairro, quem sabe em seu próprio prédio, a amante o aguardava. Era para aquela mulher sem rosto, mas dotada de um corpo — e de um sexo —, que ele comprara os cartões-postais no *lobby* do hotel de Ulaan Baatar, enquanto ela consultava guias turísticos e escolhia uma echarpe que combinasse com a roupa que poria à noite. Como se chamaria? *Como se chamariam na cama?*

Conseguira conter sua revolta até a parada imprevista naquele povoado remoto, quando o calor invadira seu peito, em sintonia com o vapor branco que emergia das entranhas do trem. Dissera-lhe coisas atrozes, ele não se movera. Falara das distâncias que a cada dia cresciam entre eles. Cobrara as promessas não cumpridas. Fora além: chamara-o de medíocre, fracassado. Ele aí lhe dera o tapa na cara.

Na mesma hora, como um cavalo assustado que empinasse as patas e se lançasse para a frente, o trem, com um forte solavanco, pusera-se de novo em marcha. Ainda atordoada, ela se vira de pé. Com o canto dos olhos, vislumbrara-o no assento, dobrado em dois, a cabeça presa entre as mãos. As pernas trêmulas, dera alguns passos na direção do fundo do vagão. No final do corredor, abrira a porta e permanecera imóvel por um instante, as pilastras da estação desfilando a sua frente. Em seguida, empurrara o soldado que tentava retê-la pela manga e saltara do trem. Por pouco não caíra. Mas recuperara o equilíbrio e desandara a correr no sentido oposto aos vagões — em um movimento contrário ao trem, ao marido e à existência que havia levado.

Ele jamais imaginaria que ela saltara. *Não era de seu feitio.* Quando se desse conta, seria tarde: não teria como parar o trem. E a próxima estação ficava a pelo menos quatro horas dali.

Ótimo... Precisava de um tempo. Suficiente para lidar com sua cólera e dela fazer um instrumento de sobrevivência —

precário que fosse. Notou que a ventania arrefecia. E que dois trilhos cortavam a terra amarelada. Naquele país estranho, pelo visto, os trens apenas iam. Voltariam...? Desembarcara na região certa. O marido levaria uma eternidade para conseguir localizá-la.

Sem fôlego, e ainda tomada por uma alegria feroz, sentou-se em um banco. O apito da locomotiva soou ao longe. *Boa viagem...*

Respirou fundo, ajeitando os cabelos desfeitos. Depois, passou a mão na testa suada. Ignorava o nome do vilarejo em que se encontrava — a escala, inesperada, nem constava do mapa. Dirigiam-se a Terelj, um parque que os amigos haviam colocado à força em seu roteiro. Lá, asseguravam eles, descobririam uma Mongólia genuína, com cavaleiros e arqueiros, dançarinas e contorcionistas. Para não falar dos cantores com suas melodias exóticas — superiores aos que veriam na capital. Pois enganavam-se os entendidos: não havia, na Mongólia, vida que pulsasse com a mesma força do rodamoinho que, em seu peito, misturava as contradições de seu final de casamento.

O marido acabara de participar de um simpósio de política internacional em Ulaan Baatar, evento que, a cada ano, se realizava em uma cidade distinta — sempre evitando os circuitos convencionais. À última hora, metera-se em sua viagem. Era provável que tivesse tomado o lugar da outra. Mais de uma vez, no passado, quisera acompanhá-lo em busca de emoções novas. As cidades, no entanto, iam se sucedendo, Casablanca, La Paz, Auckland, Nairóbi, e ela ia ficando, como se estivesse à espera de um grande prêmio. Até que sucumbira diante do fascínio de um país cujo nome evocava uma flor — ou uma doença: *Mongólia*. Fora aquele nome que a enredara na expedição.

Flor ou doença... Riu entre os dentes, esticando os braços aos céus: em matéria de emoções novas, estava servida. Logo, porém, endireitou o corpo, apreensiva: sua bolsa com passaporte, dinheiro e cartões de crédito havia ficado no trem. Encontrava-se em um vilarejo perdido nos confins do universo, portando sua raiva como única bagagem.

E seu cansaço. Não era a primeira vez que o marido a traía. No começo do casamento, chegara a ficar assombrada com a desenvoltura com que, valendo-se de sua inocência, ele se movera numa teia cujos rastros e aromas pegajosos haviam aos poucos contaminado sua cama. Mas quando ela fizera as malas, ele jurara, de joelhos, que poria um fim às aventuras. Acreditara em suas promessas.

A rotina massacrante de trabalho em que se envolvera o marido a partir dali, e de que tinha provas por amigos comuns, terminara por tranqüilizá-la. As pessoas mudam... *Ou será que não mudam?* Indiferentes à dúvida, os anos haviam passado.

Oito anos, três filhos. Agora, o edifício desabava a seus pés, pobre construção de barro e lama, exposta a uma erosão despojada, ela também, de grandeza maior. Um tabuleiro de maçãs surgiu a sua frente, com uma nitidez que a assustou. Ergueu a cabeça e deu com o menino. Fitava-a com um ar desanimado. Oferecia-lhe suas frutas mirradas sem esperança de que ela as comprasse.

Não tendo como ajudá-lo, colocou a mão em seu ombro. O garoto, contudo, recuou. E seguiu adiante com seu tabuleiro.

Endireitou mais o corpo. Não fosse o sol pálido em suas pernas, teria que buscar de imediato algum abrigo. Uma sorte, o frio no trem: conservara o casaco. Escolheu outro banco, mais exposto aos raios de sol. Os olhos fechados, deixou-se aquecer pelo calor. Sagrado momento, pensou. Reconstituiria seu patrimônio a partir de fragmentos como esse.

A sua direita, não longe da plataforma, uma placa balançava com a brisa. Caracteres meio apagados registravam o nome da estação. Lembrou do ar intrigado do marido quando o trem de repente parara. Uma carga sendo desembarcada, talvez. Por que razão teria escolhido aquela hora precisa para confrontá-lo com o bilhete da amante? Pelo inesperado da escala? Um imprevisto que encobrisse outro?

Você vai me fazer falta..., a mulher rabiscara em uma letra arredondada. Se a escrita tivesse cessado aí, mantendo a mensagem equilibrada na fronteira da sugestão, a frase de afeto poderia ser atribuída a uma colega de trabalho. E o bilhete, esquecido em um fundo de bolso, igualado a um talismã. São úteis os talismãs, às vésperas de uma travessia.

Só que ele jamais trabalhava de *blue jeans*. Ao contrário, usava terno e gravata em suas aulas na universidade. E — é claro — havia a continuação: *tente não me trair demais com ela*.

Essa segunda parte, mais do que a torpeza que se abatera sobre ela, pusera-a fora de si. A possibilidade de que sua existência tivesse se tornado irrelevante, a ponto de transformá-la em agente (e não alvo) da traição, aguçava sua dor. Toda uma rotina perversa, alicerçada em prazeres e mentiras, insinuava-se por detrás daquelas sete palavras, que ela contara e recontara mil vezes em uma ciranda sem fim. A começar pelo sutil e venenoso "*tente*". Com uma delicada ironia, deixava aberta a possibilidade de que ele, em seu papel de marido, lhe concedesse algumas migalhas de prazer. E, justamente, haviam feito amor pela manhã, logo ao despertar. Teria sonhado com ela? Já não pensava "*com a outra*". A *outra* era *ela*. (E o aspecto melodramático da intriga, com seu perfume de bolero mexicano, humilhava-a ainda mais.)

Uma nuvem encobriu o sol, folhas secas passaram voando por seus pés. Um senhor uniformizado — empregado da estação, pela aparência — aproximou-se, a mão no quepe surrado. Em um tom atencioso, disse-lhe algo que ela não teve como entender. E apontou para um conjunto de habitações agrupadas ao redor de uma praça. Para lá deveria se dirigir, parecia indicar.

De que lhe valiam os idiomas que aprendera com diligência na infância e adolescência? De que lhe valiam os ensinamentos garimpados ao longo da vida?

De pouco, ou nada. Quem sabe residisse aí, na tábula rasa simbolizada por aquela planície interminável, seu principal trunfo? E por que não? Ao invés de fragilizada, sentia-se fortalecida com sua própria impotência.

Decidiu caminhar na direção sugerida. Notou que o vilarejo só contava com uma rua asfaltada e algumas ruelas de terra batida. Mais adiante, o descampado. Não havia quase ninguém nas ruas. Era domingo, lembrou. Teriam os domingos, naquelas paragens, o mesmo significado de recolhimento?

A meia distância, viu algumas carroças sendo puxadas por cavalos. Não longe dela, um velho ônibus lutava para cruzar a linha do trem. Talvez pela vizinhança das montanhas, as casas, com seus tetos forrados de palha e seu ar de coisa provisória, davam a impressão de serem frágeis, como de brinquedo. Recordou-se de que os mongóis eram nômades e em geral viviam em tendas. Algo dessa mobilidade passara para as construções, como se a vila pudesse ser desmontada e, em questão de minutos, se desfazer no ar.

Sem um tostão no bolso, e com apenas uma idéia vaga de onde se encontrava, só lhe restava tentar trocar seu casaco, o único bem de valor que possuía, por uma passagem qualquer que a levasse de volta a Ulaan Baatar. De trem, ônibus, ou a cavalo que fosse. Ao chegar à capital, iria direto para um hotel e telefonaria a sua Embaixada.

Essa a opção simples e racional. A que consta de todas as cartilhas de viajantes surpreendidos, em suas aventuras, por algum tranco inesperado do destino, desses que interferem com a eficácia de bússolas e corações.

Mas havia alternativas mais sedutoras. Poderia, por exemplo, permanecer no vilarejo. E colocar-se sob a proteção do chefe da estação, um homem que acabara de dar um rumo novo a sua vida, por incipiente que fosse, e que lhe dedicaria uma amizade estável, feita de meias palavras e nenhuma insinuação. Poderia abrir uma venda de doces e, à tarde, jogar tarô para turistas curiosos. Ou partir em direções mais secretas ainda. Descobria, assim, que nem só de fragmentos se alimentava seu patrimônio: também era rico em hipóteses.

Do lado de lá da praça, uma luz avermelhada acendeu-se no andar térreo de uma fachada. Apesar da claridade do dia, distinguiu-a com nitidez, pois eram acinzentados os tons que predominavam a sua volta.

Um café, talvez. Decidiu caminhar na direção daquela cor, como um barco que, privado de referências em meio à tormenta, se deixa atrair por um farol na escuridão. Reagia a um estímulo, um mero aceno da paisagem. Aprendera, com o pai, que podia haver mais vida em uma natureza-morta do que nas pessoas que visitavam mecanicamente as galerias. O frio, além do mais, começava a apertar.

Ao chegar em frente à casa, girou a maçaneta de ferro batido e empurrou a porta — que rangeu como nas histórias de sua infância. Um aroma adocicado de incenso tomou suas narinas. A sala, toda de madeira sombria, e com um teto que à primeira vista lhe pareceu baixo, estava vazia. Era ampla, com um número de mesas e cadeiras que lembrava uma taverna rústica. Reparou na lareira acesa, à direita, e registrou os estalos da lenha seca queimando no fogo. As cortinas cor de sangue, que haviam dado vida a seu farol, filtravam uma luz quase opaca.

Algo percebeu, então. Pousado sobre uma mesa ao fundo, entre dois candelabros acesos, adivinhou, mais do que viu, um caixão. Um caixão aberto. Sua tampa, apoiada na vertical contra a parede, luzia na penumbra. Quis bater em retirada, mas foi gentilmente empurrada para a frente. Desceu dois degraus. O vulto que encostara nela fechou a porta e saudou-a com uma ligeira reverência. Uma velha senhora, que mal batia em seu ombro. Trazia os cabelos presos sob um xale negro e tinha o rosto todo enrugado.

Sem olhá-la de frente, ela murmurou uma frase. Imaginou que se desculpasse pelo tranco na entrada. Teria tropeçado? Não, o empurrão fora deliberado. Dirigindo-se ao caixão, a senhora agora sugeria que ela se aproximasse.

Nesse ponto, um casal surgiu de uma peça contígua, ambos também de certa idade. O homem ergueu os braços e produziu uma exclamação de júbilo:

— Otgon!

Perplexa, deixou-se abraçar. O homem reteve suas mãos nas dele por alguns segundos, enquanto a mulher retirava seu casaco. Resistiu, a princípio. Mas acabou cedendo. O homem instava-a, por gestos, a se acercar do caixão. Sua mulher repetia, baixinho:

— Otgon... Otgon...

Ainda aturdida, inclinou-se sobre o leito de flores. A relativa juventude da morta causou-lhe surpresa. (Em meio a tantos anciões, esperara uma pessoa mais idosa.) Calculou que teria em torno de sessenta anos. Apenas o rosto emergia entre as violetas. Cabelos negros caíam em mechas sobre sua testa. O que diria daquele enigma se recuperasse a fala? Teria como esclarecê-lo?

Permaneceu um tempo diante do caixão, imersa em pensamentos. A certa altura, movida por um impulso, tocou com ternura na mão da falecida. No trem, também havia acariciado a mão do marido, em um princípio de despedida.

Afastou-se. E, com esforço, recompôs-se. *Vinha de longe...* Precisava criar condições de deixar aquela casa, aquela gente. Sem ofender ninguém.

Aceitou a xícara de chá que lhe era oferecida. Três personagens haviam-se juntado aos demais, duas senhoras e um velhinho curvado. Trocaram cumprimentos com cerimônia. Parentes da falecida, deduziu. O chá era amargo, mas esforçou-se por bebê-lo. A porta abriu-se novamente e foi a vez do senhor da estação descer os degraus. Acenou em sua direção com certo grau de familiaridade. E descreveu para os demais seu encontro de havia pouco com ela.

Ficou assim sabendo que, na interpretação do homem, batera àquela porta por instrução dele. Os outros a observavam, com reverência e curiosidade. *Quantas estações* — deveriam se perguntar — *separariam o vilarejo do ponto inicial de sua viagem?*

Por gestos, quiseram saber onde estariam suas bagagens. Deu de ombros, com um honesto suspiro de impotência — a bagagem sumira. *Como tudo mais*, quis acrescentar. O desabafo satisfez a todos. Como se sua presença entre eles dispensasse, por si só, explicações. A dona da casa saiu da sala por um instante e regressou trazendo um objeto nas mãos. Enxugando uma lágrima, depositou um porta-retratos na mesa a sua frente.

Na fotografia, uma mulher jovem sorria para um bebê que trazia nos braços. À semelhança de seus companheiros, a mulher tinha os olhos puxados e a pele curtida dos nômades, além de maçãs salientes na face.

Todos aguardavam sua reação. Algo revelador, mais expressivo do que o sorriso congelado em seus lábios. Examinou melhor a imagem, reconheceu a figura no caixão. Não bastava, percebeu, inventariando os rostos que a observavam: queriam mais. Diante da falta de progressos, a dona da foto vinculou-a, com um gesto de uma economia exemplar, ao bebê. "*É você*", diziam seus olhos."*É você!*", repetiam os outros em voz alta, encantados com a dimensão de seu assombro. Uma barragem de cabeças afirmativas contrapunha-se a sua incredulidade. "*É você!*", insistiam em coro apontando para a fotografia — e para ela.

Não teve como deixar de rir. Um riso cristalino, cheio de contentamento e espanto, que lhe fez um bem enorme. Riu sem ironias ou maldades, com a inocência de quem experimenta um prazer raro: o de ser objeto, por descuido, de uma honraria a um tempo deliciosa — e absurda.

Todos riram junto, em estado de grande animação. Insistiu. Balançou a cabeça. Demonstrou, por gestos, que sua altura não correspondia à estatura dos presentes. Mostrou o próprio rosto, chamando atenção para suas feições. Foi intensamente festejada. *Sim, tinha crescido. Tornara-se uma mulher. Mudara muito.*

De fato, pensou por seu lado, *mudara muito*.

Assim, segundo opinião geral, aquela era *sua mãe*. E por que não? Se fazia tanto sentido para os demais? Considerou, por um instante, a hipótese de se deixar adotar por uma morta. Uma mãe de quem, pelo visto, separara-se pequena. Para partir (*com o pai? com algum parente?*) rumo a um país desconhecido — e distante. De onde só regressara quando recebera a notícia de sua morte.

Lembrou do marido, perdido em seu trem, prisioneiro de uma viagem tão previsível quanto banal. E teve pena — era órfão desde criança. Tomada por uma ternura que nunca antes experimentara por ele, imaginou-o menino, sozinho em um canto de quarto. Recordou-se, em seguida, da mãe. Com uma ponta de angústia, ocorreu-lhe que nunca se parecera com ela. Teria tido afinidades maiores com a mulher do caixão?

Para sorte sua, uma dose permanente de intuição reinava no recinto. Antes que uma vertigem a dominasse, foi levada até o centro da sala e convidada a se sentar a uma mesa. Os três homens instalaram-se a sua frente, cofiando barbas e bigodes. Uma toalha branca voou sobre as cabeças de todos. Não fosse o caixão aberto, poderiam estar comemorando um simples reencontro. As mulheres faziam as honras da casa, indo e vindo com pratos fumegantes que colocavam sobre a toalha, ao longo da qual uma louça amarelada ia sendo pousada de maneira desordenada. Uma das senhoras serviu uma nova rodada de chá. Em seguida o grupo pôs-se a comer com excelente apetite. O repasto consistia de carneiro assado, acompanhado de batata-doce, frutas secas e alguns legumes.

Conseguira evitar que enchessem seu prato — dera a entender que não sentia fome. A carne era gostosa, embora apimentada. Os legumes e a batata, porém, não tinham sabor. Com os olhos, buscou um saleiro. Buscava, junto, maneiras de sair da situação em que se metera. Mas já não tinha tanta pressa. Pensava, também, naquela filha ausente. Por onde andaria? Por que partira tão cedo — e para onde? Teria recebido a notícia da perda da mãe? Estaria, ela própria, *viva*?

Decidiu pronunciar algumas palavras, movida pela certeza de que não seria compreendida. Principiou por agradecer a hospitalidade de que era alvo. Um silêncio instantâneo abateu-se sobre a mesa, reduzindo a distância que os separava. Todos aguardavam a continuação. Mas sua voz a traiu, esfacelando-se. Sem transição, pôs-se a chorar — e produziu uma torrente de lágrimas. As mulheres a abraçaram, os homens ofereciam-lhe lenços. A foto ressurgiu, dessa vez em seu colo.

Procurou acalmar-se. Respirou fundo e, a cabeça baixa, retomou o discurso. Falou de suas tristezas. Contou-lhes do marido, perdido como ela em uma paisagem desconhecida. Referiu-se à humilhação a que fora submetida. Pediu que não a julgassem com severidade, quando descobrissem que não passara de uma impostora. Não fizera por mal — *não era de seu feitio*. Por pouco pediu desculpas por deixar seus legumes no prato. *Faltara sal*.

Quando terminou, todos mantinham a cabeça baixa. Davam a impressão de rezar. Teriam confundido seu monólogo com uma prece? De súbito, percebeu que alguém mais entrara na sala, um homem jovem, alto, de feições eurasianas. De pé, próximo à porta, apoiava-se em duas muletas. Tinha uma perna só.

Os presentes acolheram o recém-chegado com uma mistura de alegria e alívio. *Finalmente*..., pareciam dizer. Apontando para ela, exclamavam em coro:

— Otgon! Otgonbayar!

Tudo em sua história era irreal, até a sonoridade masculina daquele nome. O homem aproximou-se da mesa, dobrado sobre as muletas. Sua expressão mudara. Uma sombra de dúvida tomava conta de seu rosto. A mão que estendeu para ela não tinha por missão cumprimentá-la.

Descartou sua mão direita, com impaciência. Era a esquerda que buscava. De posse dela, afastou a manga do suéter e virou bruscamente sua palma para cima. Disse algo em um tom seco, indicando seu antebraço. Mais do que desmascarada, descobriu-se nua.

Todos se concentravam em sua pele clara, como se estivessem reunidos para examinar a melhor maneira de lhe aplicar uma injeção coletiva na veia. O que faltaria ali de tão importante? De que gênero de marca teriam os deuses privado seu braço, antes de despachá-la para o mundo dos vivos? O homem disse mais duas palavras e deixou sua mão cair como um peso inútil sobre a toalha.

Pela primeira vez, sentiu um aperto no coração. Mas transformou o medo em indignação. Lembrou-se de que a Mongólia fora, por muitos anos, uma província russa. Baixando a manga, produziu o único vocábulo que conhecia naquela língua:

— *Niet!*

Bateu no próprio peito e, com a mesma convicção, repetiu:

— *Niet!*

Reafirmava, pela negativa, sua identidade. A sutileza passou desapercebida. O problema, de toda forma, já não se resumia a ela. Ia além. O que doía neles não era a impostura da estrangeira. E sim ter de renunciar ao conforto espiritual que julgavam haver proporcionado à falecida nessa hora de transições — e que acabara de lhe ser escamoteado.

Sempre em voz baixa, o homem fez algumas perguntas ao chefe da estação e à senhora com quem ela ingressara na sala. Após avaliar as respostas, encarou-a com atenção. Quem se esconderia por detrás dos *niets* que ainda ecoavam na sala?

O homem pousou as muletas no encosto de uma cadeira e, ladeado pelo segmento masculino do clã, sentou-se a sua frente.

O que se passou em seguida ocorreu no mundo da mímica, um reino reconhecidamente vizinho ao da magia. Apontando para a janela, ela recriou sua tempestade de areia. Quando notou que haviam entendido, recorreu a umas batatas que tinham sobrado da comida e enfileirou seu trem sobre a travessa. Alguns chiados e apitos de locomotiva depois, instalou-se no interior de seu vagão. Afastou a mulher sentada ao lado e abriu um espaço para o marido. Deu-lhe um livro, um par de óculos e exibiu sua aliança. O homem a sua frente voltou a sorrir. Tinha sua idade, lindos dentes — e acolhia aquele marido com a serenidade de quem não teme rivais.

Nesse ponto, ela hesitou. Sem incorporar a briga à história, não teria como justificar seu desembarque no vilarejo. Preferia, contudo, não encená-la com as cores vivas da discórdia. Já não se sentia corroída pelo ódio, o ressentimento minguara. Mas tampouco queria transmitir uma leveza que equiparasse seu drama a uma mera frivolidade, ou indicasse um descontrole emocional. Suas lágrimas haviam sido genuínas, ainda que o sofrimento se mantivesse agora perdido em um recanto de sua memória.

A hesitação ajudou-a. Ao vê-la quieta em seu vagão, incapaz de dar seqüência ao relato, concluíram que alguma razão haveria para a presença, entre eles, daquele marido. Sua *ausência*, deduziram então.

A mulher à esquerda apertou-lhe o braço com afeto. E foi como se uma música de repente soasse no ambiente. Todos lhe dirigiam a palavra. Teve a impressão de que ofereciam conselhos, ou prestavam solidariedade. Um dos homens ergueu-se e, dali a instantes, regressou com uma garrafa. *Vodca*... Vários copos logo surgiram — e meia garrafa foi consumida como por encanto. A bebida caiu bem. Uma pitada de cor adornou seu rosto.

Seu trem, com o marido reduzido a uma semente, continuava imóvel sobre a travessa. Do lado oposto da mesa, porém, um ser de carne e osso a observava intensamente. *Como seria fazer amor com um homem de uma perna só?*, perguntou-se — espantada com a inconveniência do pensamento.

Sob o efeito do álcool, todos se puseram a falar ao mesmo tempo. Sabiam de muitas histórias... Sons misteriosos eram amparados por gestos eloqüentes. Em certo momento, um senhor arriscou um saltinho no ar, para ilustrar determinada proeza (uma cena de caça, pelo que percebeu). Em outro, um casal ensaiou uns passos de dança. Mãos esculpiam formas, ou desenhavam casas e pessoas sobre a toalha, acompanhadas de frases pontuadas por interrogações. Queriam saber *se ela entendera*. E ela dizia que sim, contrapondo às coreografias sua linguagem corporal.

Teve assim acesso às sagas do vilarejo — ainda que, no plano da linguagem, nem de longe as decifrasse. Mas algo captou das pessoas, bem como das situações que as rodeavam. Soube, por exemplo, que em breve a linha de trem já não mais passaria pelo vilarejo. E descobriu que aquele homem jovem sentado diante dela, com uma perna que roçava a sua debaixo da mesa, era filho da mulher no caixão. Imaginar que, pouco antes, fora apresentada a ele como irmã...

— *Ruski!* — exclamou ele indicando o próprio rosto.

Desfazia-se um dos véus do enigma: o pai era russo. A união com a mulher do vilarejo gerara duas crianças eurasianas. À sombra da ocupação soviética, a família se formara e, mais adiante, quando o pai tivera de partir, se desfizera. Talvez fosse militar. Ao desaparecer no mundo, rachara a família ao meio. E carregara a filha com ele. Uma filha de sua idade, que provavelmente teria sua estatura — *e suas feições.* Onde andaria?

Quanto sofrimento... Quantas decisões atrozes, quem sabe tomadas ao redor daquela mesma mesa. Quanta dor infligida à mulher, ao filho, à família. Daí a linha reta que, sem pestanejar, ele traçara da porta até sua pele, em busca da única credencial que lhe permitisse tomá-la entre seus braços — e não mais deixá-la.

A certa altura, precisou ir ao banheiro, o que a levou a visitar o miolo da casa na companhia de uma das senhoras. Em largura, correspondia ao tamanho da fachada. Mas era assimétrica em seu traçado interno, cheia de pequenos corredores e peças que pareciam haver sido adicionadas com o tempo. Ao regressar à sala, sempre escoltada por sua acompanhante, deu com o homem, de pé, ao lado do caixão. Despedia-se da mãe.

Os mais velhos também haviam se levantado da mesa. Os homens fumavam, conversando em voz baixa, as mulheres retiravam os pratos. Aparentavam estar reconciliados com a verdade, no que dizia respeito a ela.

Lá fora o vento recomeçara a soprar com intensidade. Os homens colocavam mais lenha no fogo. Conservariam a esperança de que a filha legítima batesse à porta? Preferia que a hipótese não vingasse. Se lhe fosse indagado por que, não saberia responder. Em verdade, ainda se sentia incapaz de abrir mão da identidade perdida.

O comportamento das mulheres, nesse meio-tempo, mudara de maneira quase imperceptível. Aguardavam algo, ou alguém. Acendiam incensos, de olho em um relógio próximo à lareira.

O padre — pensou — *ou seu equivalente naquelas terras, o enterro*... Por sua vez, consultou o relógio. Três da tarde. Eram umas onze quando saltara de seu trem andando. No espaço de quatro horas fora adotada, repudiada e novamente adotada.

Quando o homem voltou a se sentar a sua frente, ela esticou o braço sobre a toalha. *Que marca havia sido?*, indagou arregaçando a manga. *Que tipo de cicatriz?* Ele apontou para a lareira e, com o dedo, fez a mais leve das carícias sobre sua pele.

Aquela era uma terra nômade *também* em sensações. Tanto que uma mudança começou a tomar forma no comportamento dele. Retinha-a pelo braço — *dizia-lhe coisas*. Estaria transitando velozmente da morte para a vida?

Teria preferido dar livre curso a sua imaginação longe daquela mãe, tão presente em seu caixão. Por um instante, chegou a duvidar do verdadeiro significado das palavras que o homem continuava a enunciar, os olhos cravados nela. Falariam de amor — ou de perda? *Flor ou doença?* A velocidade com que dois sentimentos distantes se fundiam em um mesmo tumulto incomodava-a. Corresponderiam às duas faces de uma única moeda? Quem sabe tratassem de outros temas? Da irmã, talvez. Da infância passada juntos...

Poderia estar enganada quanto ao discurso. Mas não quanto ao que ocorria debaixo da mesa. Por duas vezes, afastara sua perna da dele. Por duas vezes ele voltara a procurá-la. Obra do acaso? Uma corrente elétrica percorreu seu corpo.

Baixou a cabeça, tentando controlar suas emoções. Concentrou-se em sua voz. Descreveria o que fariam juntos se ficassem a sós? Desceria às minúcias que ela farejava com a qualidade inebriante de um torpor?

Defrontava-se com a dúvida comum a mulheres que, por uma razão ou outra, tiveram o privilégio ou o infortúnio de conhecerem um homem só: *como seria... com ele?*

Um dilema que desde sempre fascina a humanidade, enredando-a em labirintos onde ansiedade e êxtase brincam de cabra-cega. Percebia-se tão dominada pela vizinhança do prazer que custou a registrar a figura do lama na porta da entrada.

Uma manta dourada caía pelo corpo do ancião, que calçava sandálias. Sua cabeça estava recoberta por um turbante claro. Todos se perfilaram para beijar-lhe as mãos. Quando chegou sua vez, agiu da mesma forma. O sacerdote virou-se para os demais. *Quem era?*, perguntou, sem demonstrar maior interesse pela resposta.

Colocaram-se em seguida ao lado do caixão, ela alguns passos atrás. O religioso pousou dois dedos sobre a testa da morta e murmurou umas palavras, que a família repetiu em coro. A seqüência foi retomada quatro ou cinco vezes. Depois de uns minutos de recolhimento, o grupo abriu espaço para que o filho beijasse o rosto da mãe, enquanto o monge erguia as mãos e dava início a uma longa prece. Os demais mantinham a cabeça baixa.

Decorrido um momento de silêncio, os homens fecharam a tampa sobre o caixão. Quatro adolescentes e um menino ingressaram então na casa e se postaram ao fundo da sala. Pela porta entreaberta, viu que diversas pessoas se espremiam do lado de fora. Uma das senhoras trouxe seu casaco. Como hesitasse, o homem das muletas deu-lhe uma vela acesa e um xale branco. E ajeitou o pano em sua cabeça com uma ternura indicativa das delicadezas que poderiam compartilhar se as circunstâncias o permitissem.

O vento, felizmente, cessara. E a luminosidade, menos intensa, permitia agora à paisagem respirar. Os tons acinzentados de sua chegada ressurgiam salpicados de cores, em uma paleta cuja graça derivava de sua parcimônia. Os quatro jovens alçavam o caixão sobre os ombros, o menino pegou o sacerdote pela mão.

Puseram-se a caminho. A procissão, engrossada por outros habitantes da vila, passou por um grupo de crianças que jogavam bola na praça. Entre elas, o vendedor de maçãs — que a reconheceu e, dessa feita, lhe sorriu. *As coisas tinham seu tempo...*

De início o homem se posicionara atrás do caixão, perto do lama — que montara em uma mula puxada pelo menino. Não conseguiu, contudo, acompanhar o ritmo imposto pelos adolescentes e foi ficando para trás, até que emparelhou com ela. Lado a lado, deixaram a vila e enveredaram pela planície. Passado um tempo, tomaram uma trilha que conduzia a uma colina. O caixão ondulava acima das cabeças do pequeno grupo, tal um barco que, recém-saído do estaleiro, fareja o mar — mas se engana de rumo.

Sua vela apagou com a brisa, o frio aumentava. O homem diminuiu o passo. Estaria cansado? Não, queria mostrar-lhe algo na planície logo abaixo. Era a linha do trem, que se perdia na distância. Reparou em seu rosto curtido, na barba de dois dias. E em seus olhos, esverdeados.

Em seguida, ele apontou para o sol que baixava na linha do horizonte e, na extremidade oposta, para a lua que já ia alta no céu. Quando o sol voltasse, assinalou tocando em sua aliança, o marido retornaria. Indicou novamente a linha do trem e, à direita, a estação. Ela colocou a cabeça contra seu peito, sem se dar conta, como se estivesse apenas cansada. Deixou-se ficar ali por um tempo. Sim, o marido regressaria, era inevitável.

O cemitério ocupava uma clareira no topo da colina. Uma cerca multicolorida separava os mortos dos vivos. Algumas árvores, que não soube identificar, ladeavam o espaço singelo. As covas, de terra batida, estavam recobertas por flores silvestres e tufos de grama. Não eram numerosas e, fora uma plaquinha de madeira com nomes e datas, não possuíam adornos. Um estrangeiro que passasse pelo bosque talvez nem notasse a existência da terra sagrada. A índole transitória da vida aplicava-se também aos rituais da morte, que naquele vilarejo perdido se valiam da natureza para se preservarem.

Quando viu a cova aberta, afastou-se do grupo. E recolheu-se em uma prece, a primeira que se permitia desde que fora incorporada àquela família. Ao lado da mula que mastigava sua grama placidamente, rezou pela mulher que tanto sofrera ao perder marido e filha. E a quem coubera criar sozinha um menino entristecido, que mais adiante enfrentaria uma mutilação de outro tipo — talvez menos dolorosa.

Encerrada a cerimônia, o homem acompanhou o sacerdote até sua mula. Os jovens recobriam a cova de terra. Depois que o monge partiu puxado pelo menino, ele recebeu os cumprimentos de todos. Boa parcela do afeto dedicado ao filho migrou então para ela, com naturalidade, como se os acontecimentos daquela tarde a tivessem entronizado nas tristezas de cada um. Os demais habitantes do vilarejo, que nada sabiam de suas circunstâncias, a incorporaram sem dificuldade àquele momento coletivo de pesar e despedidas.

Retribuiu os abraços e apertos de mão com o mesmo carinho, certa de que se despia ali das roupagens de irmã para adotar as de companheira. Pois não alimentava dúvidas sobre o que se passaria entre eles naquela noite. Uma noite que começava a baixar sobre a colina.

Permaneceram imóveis enquanto o grupo deixava o cemitério. Em seguida contornaram a cerca em outra direção e tomaram uma trilha que os levou à extremidade oposta do vilarejo. Caminhava a seu lado, como se acompanhá-lo pela paisagem fosse a coisa mais natural do mundo.

Logo, chegaram a sua cabana. Não poderia ser mais modesta. Mas a vizinhança de quatro ou cinco cedros, aliada à presença de um curral com três cavalos, conferia-lhe uma dignidade de sítio.

Deteve-se por alguns minutos diante do curral, encantada com os animais que se aproximavam para saudá-los. O homem recitou o nome de cada um e convidou-a a montar no menor deles, uma égua branca cravejada de pintas negras. Ela repetiu os nomes com aplicação, feliz por enunciar sons que faziam parte de sua rotina. Em alguns dias mais, quando se descobrisse a milhares de quilômetros dali, presa em um engarrafamento de trânsito no centro de sua metrópole chuvosa, ele estaria no interior daquele curral, alisando seus cavalos e pronunciando os nomes que ela continuava a repetir como em um transe, enquanto os animais sacudiam suas crinas na penumbra.

Olhou-o de frente, medindo-o de alto a baixo. Registrava seu cheiro, calculava sua força, imaginava as maneiras com que ele a tomaria quando se despissem. E buscava um atalho que a levasse a aninhar-se em seu peito.

Antes de entrarem na cabana, permitiu-se uma pausa, suficiente para que ele fizesse um gesto, ou pronunciasse uma palavra que, anos depois, reverberasse em suas lembranças. Ele se limitou a beijar a ponta de seus dedos. E a soprar uma baforada de ar quente em suas mãos. Em seguida, empurrou a porta, abrindo espaço para que ela passasse.

*

O vilarejo amanheceu recoberto de neblina. Foi aquela textura branca, mais do que a presença do homem a seu lado, que a amparou quando o trem se materializou na estação: prorrogou a sensação de sonho em que transitara noite adentro.

Aguardavam em silêncio havia meia hora. Suas mãos, por vezes, encostavam uma na outra. Assim que o trem parou, ele deu um último toque em seus dedos — e recuou.

Exceto por eles, e pelo chefe da estação, não havia ninguém na plataforma. A escala durou o suficiente para que o marido se precipitasse ao solo e a tomasse sofregamente entre os braços. Repetia seu nome, com uma voz trêmula. Um nome cujas vogais e consoantes se esfacelavam em contato com a bruma fria.

A realidade chegava a ela de forma amortecida. *Os três degraus que emergiam do vapor branco, a barra de ferro congelada entre seus dedos, a mão do marido em suas costas, empurrando-a com delicadeza vagão acima...* Quando deu por si estava sentada, de olho no reflexo de seu rosto crispado contra o vidro embaçado.

O marido... Produzia frases, uma atrás da outra. *Pobre, pedia perdão...* As palavras chegavam a seus ouvidos com um sabor de gravação antiga. Não teve como assimilá-las, ocupada que estava em proteger um acervo de diferente calibre.

Ele viajara em linha reta. Tanto na ida quanto na volta. E continuava órfão. Ela, em compensação, tivera mais sorte. Por vias transversas, sem visibilidade, cruzara tempos e espaços inusitados. Cavara um nicho no passado alheio, enterrara uma mãe, fora adotada. Fizera amor com um homem de uma perna só.

Seu casamento? Não saberia dizer. Nem importava. Até os filhos ocupavam um lugar remoto em suas reflexões. O que contava, naquele momento, era o homem de muletas que, em um vilarejo suspenso entre dois mundos, observava anonimamente a partida do trem. E que já desaparecia na neblina...

O marido não cessava de falar, formulando promessas que se desfaziam no ar antes mesmo de chegar a seus ouvidos.

De repente, mudou de tom:

— Você não vai acreditar... — disse.

O princípio de frase despertou sua atenção. Um eco de aventura... Teriam condições de estabelecer algum elo — no plano da incredulidade que fosse?

Algo ele notou em sua expressão, um encorajamento. Atracou-se à esperança, certo de que poderia perder o contato com ela a qualquer instante. Com uma sinceridade que não sentia, de tão nervoso, prosseguiu:

— Essas últimas vinte e quatro horas... Você não vai acreditar...

Teria terminado de ler seu Proust?, ela se perguntou sem ironia. Mas preferiu cortar o mal pela raiz.

— Vou — disse com uma voz firme.

Virou-se para a paisagem, que desfilava veloz pela janela. E repetiu, quase para si mesma:

— *Vou.*

O marido desistiu de completar o pensamento. Mudou de banco, sentou-se ao lado dela e, apoiando o queixo contra seu ombro, voltou os olhos para a neve que brilhava nas montanhas.

O mar

A noiva entrou na igreja com um sorriso desconfiado. *Timidez*, pensei a princípio. Mas, quando ela passou por mim no braço do pai, pude observar seu rosto de perto — e perceber a insegurança nele estampada. Quais seriam as razões de suas reservas? A beleza fora generosa com ela. Era jovem, além do mais, teria no máximo vinte anos, idade dos desafios — e das audácias. Estaria apreensiva? Sentiria medo? E nesse caso, de quê?

A igreja era modesta, dessas de aldeia do interior, em uma localidade perdida nos Andes, ao norte do Equador. Um violino e um piano, ambos desafinados, guiavam pai e filha em sua caminhada por um tapete que havia conhecido tempos melhores. Ao me ver o pai piscou os olhos para mim, cheio de orgulho e satisfação. Uma semana antes, em minha sala, depois de tossir um pouco e de rodar seu quepe por entre os dedos, relembrara-me, a sua maneira, o convite que me havia feito:

— O dono da La Cienega mandou repintar seu quarto de azul...

— *La Cienega?* — eu indagara surpreso.

— A pensão... Para o pernoite.

— Que bobagem, Victor, não precisava.

Victor trabalhava na Embaixada como motorista. Convidara-me, com grande antecedência, para o casamento de sua filha. Um gesto que apreciei por sua gentileza. E, também, por me oferecer uma oportunidade rara: a de visitar uma parte do país aonde, em condições normais, dificilmente iria. Alguns dias depois de aceito o convite, porém, minha mulher descobrira uma carta comprometedora esquecida no bolso interno de meu paletó. Ato contínuo, fizera as malas — e me deixara. "*Foi a gota d'água*", dissera-me antes de tomar o rumo do aeroporto. Desde então, meu ânimo para participar sozinho de uma cerimônia matrimonial a quatro horas de Quito esfriara bastante.

Mas não a ponto de cancelar minha ida e correr o risco de magoar Victor — a quem incluo entre as melhores pessoas que conheci na vida. Na data prevista, sentara-me ao volante do carro e enfrentara uma série de estradas secundárias, que se tornavam mais precárias a cada nova bifurcação. A última delas, de terra batida, nem constava do mapa.

Bela viagem, tudo somado. A princípio chovera, mas na metade do caminho o tempo melhorara. E o vilarejo, cercado de escarpas recobertas de neve, encontrava-se, na tarde de minha chegada, banhado por um sol de primavera. A pensão La Cienega tampouco decepcionara. Debruçada sobre a praça central, proporcionara-me um quarto limpo e arejado, além de uma varandinha na qual eu me dedicara a observar o mercado de artesanato que fervilhava abaixo.

Nos Andes, quanto mais remota a aldeia, maior o apreço com que os visitantes são recebidos e tratados. O padre encarregado de me acolher na porta da igreja, contudo, não honrara a tradição. A dignidade com que apertara minha mão beirara a altivez. E a economia com que me transmitira alguns dados sobre a região em nada contribuíra para nos aproximar. Parecia haver intuído algo sobre mim, quem sabe pela via dos sortilégios, pois indagou mais de uma vez por minha mulher — oficialmente no Rio em visita aos pais. Em poucos minutos de conversa, o tema família, e sua importância para a preservação dos bons costumes, foi revisitado em três ocasiões pelo sacerdote.

Ah, os bons costumes, quantos crimes não serão cometidos em seu nome… *(E quantas delícias saboreadas a sua sombra.)* Nisso pensava, no momento em que a noiva se aproximava do altar. Nisso e, por associação livre, em sua singular beleza. Descobri-me encantado com o porte e distinção de que dava provas, frutos de um milagre que nada parecia dever aos progenitores que a haviam concebido, ao padre que escutara suas primeiras confissões, ou ao vilarejo em que se criara — e sim a uma indulgência dos deuses.

A maneira lânguida com que caminhava conferia a seus passos uma qualidade mágica. Ostentava uma graça serena e inocente ao mesmo tempo, que por pouco me entristecia — tais as distâncias de todo tipo que nos separavam. Entre elas, a mais cruel: a da idade. As demais poderiam ser encurtadas, com paciência e dedicação, como bem sabem os sátiros. Mas a idade…

O noivo, é certo, tampouco era jovem. Na realidade, quanto mais o observava, mais ele envelhecia. Era viúvo, contara-me Victor, tinha três filhos adolescentes. *Que sorte a dele*, pensei com inveja. E fechei os olhos por um instante, enquanto o sacerdote, abrindo os braços para deixar o casal, dava início à cerimônia.

Na recepção, realizada em uma quadra desportiva não longe da igreja, fui instado a me sentar em um dos lugares de honra, entre a mãe do noivo e o padre. Na avaliação de Victor, eu era a mais alta autoridade a visitar a aldeia em muitos anos. Não tanto, deduzia agora, pelo cargo que ocupava, ou por minha condição de estrangeiro, mas pelo isolamento em que vivia o povoado.

Terminado o jantar, Victor abriu o baile com a filha. Logo após o noivo, dancei eu próprio com ela. Continuava tensa, pelo que percebi. Seguia-me docilmente pelo piso de cimento áspero, mas estava longe de demonstrar alegria ou satisfação. Sorria, por vezes, de forma fugaz. Quisera eu ter intimidade para investigar as raízes mais profundas de seus temores.

Chamava-se Rosa. Tinha olhos castanho-claros e cabelos negros, presos em uma única trança que lhe batia na cintura. Seu rosto possuía leves traços europeus. Havia nele uma harmonia de linhas que chegava a ser perturbadora, tal sua fragilidade. Um pouco como se vivesse um apogeu na antecâmara do declínio. *É efêmera a beleza entre os mais pobres*, lembra o poeta. Nos Andes, essa constatação pode ser lancinante.

Falei de Quito, onde ela jamais estivera. A conversa passava por dois filtros, o de minhas palavras e o dos murmúrios dela. Convergiam em certa medida, esses extremos, pois refletiam a inutilidade do que eu sabia — e a enormidade do que ela ignorava. Em determinado momento, contudo, a jovem articulou uma frase inteira: confidenciou-me nunca haver visto o mar. Esse era seu maior desejo, acrescentou erguendo-se na pontinha dos pés, como se o mar pudesse estar logo ali, escondido a minhas costas. Por um instante, imaginei-me em Cartagena com ela, no Convento de Santa Clara, recitando em seus ouvidos versos de Paul Valéry e João Cabral. Ao pôr-do-sol, incorporado o mar a sua memória, tomaríamos juntos um *ron con coco*, desses que vêm enfeitados por canudinhos e pequenos pára-sóis de cores variadas.

A certa altura, Victor empunhou o microfone e se dirigiu aos convidados. Após a mais breve das introduções, e sem o menor aviso prévio, passou-me a palavra. Pensando na mulher que me deixara, e de quem sentia uma saudade aguda, voltei-me para Rosa.

Já não me recordo o que disse, mas falei por um longo tempo. Posso ter despertado a curiosidade geral, ao aludir à fragilidade do amor, a seu lado esquivo. Quem sabe até tenha chocado alguns — ao enveredar pela seara das ambivalências. Seja como for, Rosa não me deu a impressão de registrar minha mensagem. Por uns segundos, um pouco de cor invadiu seu rosto. E foi só. A cabeça inclinada, brincava com o terço que o padre lhe dera ao final da missa.

Outras pessoas tomaram a palavra depois de mim, o noivo entre elas. Sua fala não me pareceu fazer sentido. É possível, no entanto, que não tenha captado o teor mais profundo de seus subsídios. Foi aplaudido, de toda forma, o que não se dera comigo.

Encerrados os discursos, todos ergueram ruidosos brindes à saúde dos noivos. Depois, a música recomeçou. Alegando cansaço, terminei o café e dei início às despedidas. Meus vizinhos de mesa ficaram contentes com a minha decisão. Desincumbira-me, a contento, do papel que me havia sido confiado, o de incorporar à cerimônia a presença discreta da capital. Cabia-me agora deixá-los.

Nessa atmosfera de satisfação coletiva, reiterei ao casal meus votos de felicidade. Rosa baixou os olhos quando beijei sua face. De seu marido ganhei um apertado abraço. "*A sus órdenes*", disse-me ele. Em seguida, Victor acompanhou-me até a saída. Ao final do pátio, esbarramos em um grupo de crianças que brincavam de cabra-cega na escuridão.

Percorri as poucas quadras que me separavam da pensão em meio a uma névoa fria. Mas não tive dificuldade em me localizar. Sentia-me bem, tomado por uma euforia cuja origem nem pude identificar, algo próximo à sensação de haver escapado a um naufrágio. Do que escapara? De Rosa? Das insinuações do padre? Da dor suscitada por mais uma separação?

Ao chegar no quarto, abri a maleta, arrumei minhas coisas e tomei um longo banho. A água quente acentuou meu bem-estar. Mais adiante, estirei-me na cama e mergulhei em minha leitura. Um par de horas passou-se assim. A certa altura, fumei um cigarro na varanda. Dali pude ver alguns dos convidados da festa, deslizando como sombras pelos paralelepípedos desiguais a caminho de casa. A música do baile, que até então chegara a meus ouvidos de modo intermitente, cessara por completo. Nuvens, cada vez mais densas, encobriam as duas torres da igreja.

Preparava-me para regressar ao quarto quando o casal de noivos surgiu na neblina. O manto branco e úmido que flutuava a seu redor mantinha-os como que suspensos na paisagem. Para minha surpresa, caminhavam rumo à pensão.

Quase ao final da praça, porém, já bem próximos de mim, eles pararam. O homem olhou para trás. Ao ver que não eram seguidos, puxou uns papéis do bolso do paletó e aproximou-os da luz de um lampião. Rosa, enquanto isso, retirava sua grinalda. Lembrava uma personagem perdida em uma estampa. *Uma noiva entregue à própria sorte...*

Deu-se, então, o inesperado — que no alto das montanhas, como é sabido, ocorre por etapas. O homem, sacudindo os papéis no ar, confrontou a mulher. Ela negava com veemência. Mas sua voz, ou o fiapo que dela chegava a mim, a traía: sugeria ansiedade.

Nesse exato momento, a terra tremeu. Apoiei-me contra a parede. As luzes do povoado se apagaram, os cachorros se puseram a uivar. Ainda assim, escutei o grito abafado. Era Rosa — o marido a esbofeteara. Eu hesitava entre saltar do balcão ou permanecer imóvel. Nem sabia ao certo se desejava salvar minha pele, ou a dela.

Logo, porém, a terra sossegou. Nada se compara à impassibilidade do solo após um terremoto — nada. Algo que, expresso em palavras, se situa entre o alívio e o estupor. A pensão resistira ao desafio. A igreja, até onde pude notar, também. Em alguns segundos mais, a luz voltou.

O casal havia desaparecido. Cheguei a pensar que tivesse sido tragado pelas crateras que o destino por vezes abre a nossos pés. Mas logo ouvi vozes no andar de baixo, seguidas do barulho de passos. Entreabri minha porta a tempo de ver a mulher sendo arrastada escada acima. Todos os habitantes do povoado saíam às ruas, para avaliar os danos causados pelo mais recente fenômeno da natureza. Todos, menos nosso trio perdido — às voltas com um fenômeno de outro gênero e intensidade.

Do outro lado da parede as vozes se continham, mas não disfarçavam a fúria e angústia com que os propósitos eram trocados. O noivo bebera bastante, pelo que me recordava, e era um homem corpulento. O segundo tapa que desfechou sobre a mulher teve a sonoridade de um murro. Em seguida, porém, ele deve ter perdido o equilíbrio e tropeçado, pois a cama rangeu sob seu peso. Valendo-se da chance, Rosa precipitou-se na varanda.

Ofegante, ela apertava contra o peito os papéis que, instantes antes, arrancara do marido. Foi quando me viu no balcão ao lado. Trinta centímetros, se tanto, nos separavam. Não havia tempo para pudores ou indecisões. O marido puxou-a pela trança — e eu fiquei com seus papéis.

Eram cartas, verifiquei de volta ao quarto. *Cartas, claro, sempre cartas*... Que necessidade absurda e suicida, essa, de registrar o delicioso e o proibido, como que desafiando a um tempo deuses e demônios, em troca do prazer de reviver em segredo alegrias nem sempre compartilhadas... Seis, não, sete mensagens, com a mesma letrinha miúda de colegial. Dirigidas a ela — *Rosa, mi corazón, mi adorada, mi reina*...

Pobres composições. Expressariam, quando muito, uma paixão juvenil, casta e platônica. Por força de que lapso, ou de que intrigas, teriam ido parar nas mãos erradas? Obra dos filhos adolescentes do noivo? Ou de alguma mulher enciumada?

Ao lado, o confronto prosseguia. Com uma variante: o sumiço das provas deslocara o foco das discussões para o universo comparativamente ameno do detalhe. *Donde están?*, bradava o homem enfurecido. O tema continuava na agenda. Mas atenuado. Em seu desespero, Rosa criara um fato novo, graças ao qual já não apanhava. Suas palavras, ao contrário, ganhavam alento. Um diálogo incipiente impunha-se aos gritos, um esboço de ponderação insinuava-se em certas frases. A bebida, que conferira ao ataque de fúria sua qualidade incendiária, agora facilitava uma transição de outro tipo — rumo ao sono e à prostração. Em alguns minutos mais, um pesado silêncio baixou sobre a pensão. Imóvel ao pé da cama, Rosa devia examinar o marido desmaiado sobre os lençóis. Pensaria no forasteiro que, no quarto ao lado, percorria suas cartas?

Forasteiro? De convidado a testemunha, de testemunha a cúmplice, de cúmplice a herói... Haviam sido inúmeras as promoções com que ela me distinguira. Não, dificilmente me veria como um estranho. Dançara comigo, além do mais, falara do mar. Voltei-me para seu tesouro com a intimidade de um pesquisador a quem textos sagrados são confiados em caráter excepcional.

Não precisava decifrá-los para saber o que conteriam. Eram as datas que me interessavam. Pude ver que a mais antiga fora escrita três anos antes. E que a mais recente datava da véspera. Fariam parte de uma coleção maior? Quantas mais teriam sido destruídas, para que essas fossem preservadas? E o olhar de Rosa na igreja... Quem buscaria? Quem evitaria? O noivo, que a aguardava imerso em dúvidas? Ou o namorado de infância que a perseguira até o altar, com seus garranchos recheados de lugares-comuns?

Reagrupei as páginas. Com elas em mãos, acendi um cigarro e regressei à varanda. A praça estava novamente vazia, despojada, inclusive, da neblina de havia pouco. Alguns minutos se passaram, enquanto fumava em meio ao silêncio. De repente escutei um ruído, minúsculo, um roçar de tecidos cortando a brisa. As cortinas do quarto ao lado se abriam — e Rosa emergia de sua penumbra.

Continuava com seu vestido branco, só que agora amarrotado e manchado de sangue. Soltara os cabelos, em uma tentativa de disfarçar as marcas que trazia no rosto. Olhou com receio para as folhas em minhas mãos. E com uma alegria de criança para a chama de meu isqueiro. Com a cabeça, fez que sim. Em segundos, o vento carregou para longe a fuligem que se desfez na noite.

Cumprida minha missão, desejei-lhe boa noite. E ia darlhe as costas, quando senti sua mão sobre meu braço. Seus lábios partidos tremiam. Buscavam vingança.

Com uma ternura de adolescente, acariciei-lhe a face. Teria ela intuído que um gênero muito particular de infelicidade nos unia?

Era baixa a mureta que nos separava. Rosa me consultou com o olhar antes de erguer a saia com a mão esquerda — e me passar a direita em busca de apoio.

Auxiliei-a na travessia. E segurei-a pela cintura fina. O corpo era leve, a alma inquieta. Quando o sol raiasse e o marido despertasse, a vida seguiria seu curso. Mas um dia, com um pouco de sorte, ela chegaria ao mar.

Aurora

Como quem pinta um quadro só para rever sua paisagem e confirmar uma impressão... Assim me sinto, ao pensar no episódio que se segue. Extraído de um fato real, nada deve à invenção. Mas são tênues seus vínculos visíveis com a realidade — daí seu perfume de ficção. Nessa fronteira pouco evidente, contudo, existe um espaço. E nele, uma verdade. Mas qual?

Passo então aos personagens. Éramos quatro. Três tenistas (um casal e eu) e um treinador. O cenário, a Guatemala nos anos setenta. Uma década trágica na América Central, como sabemos hoje — e suspeitávamos na época. Por opção ideológica, ou pela necessidade de defender os interesses de uma oligarquia a que julgava pertencer, o exército, no poder havia vinte anos (e com outros tantos pela frente), controlava o destino das pessoas pela cartilha da repressão. Ao centro da equação, e longe dela como de hábito, a questão indígena, as violações contra os direitos humanos, as injustiças sociais.

O que fazia eu nesse cenário? Haveria muito que dizer, mas o enredo tomaria rumos nem sempre interessantes. Digamos que, para efeito da presente história, freqüentava o Clube Aurora. E me preparava para deixar o país em quinze dias mais, transferido que estava para o Brasil, após cumprir três anos de missão.

Morávamos, minha mulher, minha filha e eu, em uma casa cercada por um pequeno jardim na Zona Diez, para onde nos havíamos mudado após o terremoto de 1976 — que danificara parte de nossa residência anterior. Contava ela com apenas dois quartos e uma sala. Na sala, além da mesa de jantar encostada a um canto, tínhamos um sofá, uma mesinha de centro e duas poltronas. Para completar, almofadões, estantes baixas e quadros que subiam até o teto. Uma lareira aquecia o ambiente.

Na ocasião em que o presente relato se inicia, porém, nosso lar estava desfeito: minha mulher e filha tinham embarcado na frente e eu ficara para trás, com o encargo de supervisionar a embalagem dos móveis, vender nosso carro e pagar as últimas contas. Cumprida boa parte dessas tarefas, tinha eu àquela altura, por única companhia, um cachorro que perambulava pelos jardins com um ar preocupado. No interior da casa permaneciam só as roupas no armário, um velho colchão com seus lençóis e travesseiros, duas malas vazias e, na sala, os almofadões.

Se estava despojado de seus objetos, o local onde eu passava meus derradeiros momentos na Guatemala conquistara, em compensação, uma pátina rica em recordações. E era com uma nostalgia toda especial que eu contava as manchas deixadas pelos quadros nas paredes, descobria o brinquedo quebrado esquecido no fundo do corredor, ou percorria com os olhos os desenhos a lápis de cor nas paredes do quarto de nossa filha. Todos esses vestígios, e mais as teias de aranha que agora invadiam impunemente os cantos dos tetos, comporiam, em alguns dias, o ambiente perfeito para as palavras que ali ecoariam na noite que antecedeu minha partida.

Mas voltemos aos personagens. O casal primeiro: o homem chamava-se Paul; a mulher, Jennifer. Algo se percebe sobre as pessoas em uma quadra de tênis. Havia uma ferocidade nos voleios de Paul que, longe de despertar a admiração de seus parceiros, ou o temor dos adversários, incomodava. Os jogos, sejam eles pacíficos ou violentos, constituem uma invenção adorável dos deuses — e, como tal, são feitos para uma prática que alguma margem deixe à graça e à leveza. No caso específico do tênis, os bons jogadores conquistam nosso respeito pela elegância e variedade de seu estilo, mais do que pela força com que despacham suas bolas.

Paul, no entanto, pertencia a uma categoria de homens para quem uma partida de tênis representava uma metáfora do gênero de vida que havia escolhido: era militar. Integrava o exército de um país que não citarei aqui, mas cuja responsabilidade nos abusos cometidos na região é hoje universalmente reconhecida, ainda que, na época, suas atividades se disfarçassem sob eufemismos vários — o mais comum dos quais benévolo: o de uma assessoria.

Jennifer, em contraste, era meiga e discreta. *Resignada* talvez fosse um termo melhor. Estavam casados havia uns dez anos, o que me faz supor que ela tivera tempo de erguer suas defesas e construir um nicho próprio, que lhe permitisse coexistir com o estilo impetuoso do marido — e a ele sobreviver.

Na época em que nos conhecemos, aprendi mais sobre o casal através das reticências dela do que pelas falas e intervenções de seu marido. Paul tinha opiniões incisivas a respeito de toda uma gama de temas. Recorria a frases curtas e ágeis, que pretendiam ser irônicas ou mordazes, efeito que se esvanecia mal suas palavras eram enunciadas. E era a ameaça contida, ou amargura velada, que permanecia suspensa no ar.

A dele era uma paixão intensa e constante, mas despojada de objetivos aparentes, como que movida por um motor que alguém esqueceu de desligar — e cuja razão de ser todos ignoram —, o que me levava a sentir por Jennifer uma empatia instintiva, algo próximo à solidariedade que prestamos às vítimas inocentes de certos flagelos, sejam eles causados pela natureza ou pela estupidez humana.

Finalmente Pablo, nosso jovem treinador. O sangue indígena que corria por suas veias cruzara a certa altura de sua ascendência com o do colonizador, pois herdara dos maias o ar reservado e o porte discreto — e dos *conquistadores* a pele mais clara e os olhos azuis.

Apenas Jennifer tinha aulas regulares com ele. Ocorriam por volta do meio-dia, ou ao fim da tarde. Conosco Pablo jogava duplas na hora do almoço. Recebia em troca uma pequena quantia, equivalente ao valor de uma aula. Brincava que economizava para, um dia, nos visitar em nossos respectivos países. E Paul ria.

De nós quatro, Jennifer era a jogadora mais fraca e por isso formava parceria com o treinador. Fui assim adquirindo o hábito de observá-los do outro lado da rede, fato que me levou aos poucos a vê-los, não como uma dupla, mas como um casal, tal a harmonia de sua interação na quadra, pontilhada por repetidos momentos de alegria e bom humor. Quando esbarravam um no outro, Pablo a amparava e ela se deixava abraçar por um minúsculo segundo — e não havia, a meus olhos, cena mais encantadora.

Embora favorável à parceria, por saber que outro arranjo tornaria o jogo insípido, ou de resultado previsível, Paul lidava mal com o entrosamento de nossos adversários, o que acentuava a tensão na quadra. No geral, Jennifer e eu nos contentávamos com o papel de atores coadjuvantes em um duelo (surdo para Paul, ameno e divertido para Pablo) que contrapunha os dois. Até mesmo a variação em seus nomes realçava as distâncias que os separavam.

Sempre me perguntei por que continuava a jogar com eles. A falta de parceiros naquele horário, talvez. Ou uma forma menos estudada de masoquismo. Dominava-me, também, a idéia de que, restando poucos dias para partir, já não existisse espaço para proceder a modificações de qualquer espécie em minha rotina. Precisava, ao contrário, prestigiar as amarras com que ainda contava — para, chegada a hora, melhor me despedir. Não é fácil deixar a terra na qual se viveu feliz. Na Guatemala tínhamos tido uma filha e feito amigos de quem até hoje sinto saudades.

À exceção da noite que passei a sós com Jennifer em minha casa deserta, da qual darei ciência em alguns momentos mais, nossas relações, por serem de parceiros e não amigos, se situaram invariavelmente no perímetro do Aurora — e no horário preciso do almoço. Com o sol batendo a pino, chegávamos Paul e eu, cada um por seu lado, envergando roupas brancas e empunhando nossas raquetes. Jennifer, que acabara de ter uma de suas aulas, nos aguardava com Pablo. Batíamos então bola por uns quinze minutos. Dali jogávamos dois sets que, para frustração de Paul, nossos adversários quase sempre venciam. Depois, Jennifer e eu ficávamos conversando à sombra das árvores que ladeavam as quadras, enquanto nossos heróis se enfrentavam em um duelo final.

Passo agora ao que ocorreu nos dias 13, 14 e 15 de novembro de 1978. São datas que guardo sem esforço em minha memória, pois a primeira coincide com meu aniversário — e a última com minha partida definitiva do país. Os pesquisadores interessados em confirmar certos detalhes da presente história terão assim boa oportunidade de investigar os jornais da época e opinar sobre a veracidade do que se segue.

No dia 13, quando Paul e eu chegamos ao clube (o jipe dele com os pneus cantando e envolto em sua habitual nuvem de poeira), Jennifer encontrava-se treinando sozinha no paredão, ao lado do estacionamento. Enquanto trancava meu carro e recolhia, no porta-malas, a raquete e as bolas, reparei em seu ar distante, quase sonâmbulo. Havia algo de errado com o ritmo de seus movimentos, como se ela não estivesse em sintonia com o que fazia. (É possível, porém, que essas já sejam impressões superpostas, pelos anos, a imagens tantas vezes revisitadas — e por isso imprecisas. Mas alguma semente de verdade terão tido em seu tempo.)

Pablo não viera — e isso, sim, era inédito. Nunca deixara de nos avisar por telefone, quando surgiam emergências que o impedissem de comparecer ao Aurora. E sempre designava alguém para substituí-lo. Paul, no entanto, não demonstrou irritação com sua ausência.

Conversamos por alguns minutos. Quando ficou claro que nosso treinador não viria, Jennifer, alegando cansaço, dirigiu-se até o vestiário. Resolvemos então, Paul e eu, jogar uma simples. Para minha surpresa, fui aos poucos ganhando a partida, fato que, em nossos embates anteriores, nunca ocorrera. Mas, à medida que vencia, notava que meu adversário se distanciava da quadra, exibindo, pelo menos em parte, a mesma linguagem corporal de que sua mulher dera sinais instantes antes. Errava bolas simples, enganava-se na contagem dos pontos, cometia duplas faltas nos saques. E olhava com freqüência na direção dos vestiários, como se estranhasse a demora de Jennifer em reaparecer.

Na realidade, ela nadava na piscina — e foi lá que a encontramos tão logo terminamos nosso jogo. Como de hábito durante a semana, não havia quase ninguém no clube naquela hora.

Sentamos a uma mesinha de ferro batido, a meia distância, e pedimos uma cerveja. Mais adiante encomendamos uns sanduíches, que comemos em silêncio, enquanto Jennifer continuava a cruzar suas águas esverdeadas em braçadas lentas. Quando ela finalmente saiu da piscina e passou por nós a caminho do chuveiro, notei como era jovem. Foi a primeira vez que a vi de maiô — e a senti intimidada, não sei por quê. Como se estivesse sem graça. Recordo-me que seu olhar evitou o meu e que recusou o sanduíche que lhe oferecemos, alegando não estar com fome.

Pouco depois, assinei a conta e me despedi de Paul. Não creio que, entre nós três, tenhamos trocado mais do que dez palavras naquela tarde.

Na manhã do dia 14, o corpo de Pablo apareceu em uma vala nas cercanias da cidade, com marcas de tortura e crivado de balas. Os dois jornais da cidade deram a notícia com destaque, sem aludir, como de praxe, às causas da violência. E reproduziram a mesma foto da vítima, com seu sorriso franco e, nas mãos, a taça de campeão juvenil conquistada seis anos antes. Sua mocidade extrema conferia uma pungência adicional à imagem granulada.

Telefonei imediatamente para Paul. Mas não o encontrei. Sua secretária informou-me que ele acabara de ser convidado a acompanhar certas manobras — e partira para o interior. Não regressaria antes do fim de semana.

Em seguida liguei para Jennifer, que não veio ao telefone. Só atendeu quando insisti pela terceira vez. Ainda assim, tardou em articular uma frase coerente, fato que me inspirou, em uma decisão feliz, a queimar toda uma etapa — e convidá-la para jantar.

— Para me despedir... — acrescentei, como se precisasse justificar o convite.

E relembrei, depois de uma pausa:

— Viajo amanhã.

À noite, fui pegá-la de carro. Quando perguntei onde queria comer, ela respondeu sem hesitar:

— Em Antigua.

Inviável, pensei. Antigua fica a mais de meia hora da capital. Uma semana antes, a guerrilha danificara a estrada, ao atacar, em duas operações relâmpago, um comboio militar. Com as barreiras policiais, levaríamos uma eternidade para chegar.

Mas entendi o que buscava: silêncio, penumbra, recolhimento. Por isso não me surpreendi quando, depois de ouvir minhas ponderações, ela própria sugeriu:

— Sua casa, então...

Passamos em um supermercado para comprar pão, queijos, azeitonas e vinho. A título de sobremesa, selecionamos umas frutas. Comprei também um pacote de velas e uma caixa de fósforos.

— A luz já foi cortada... — expliquei.

Ao chegar, armamos um belo fogo na lareira. Enquanto Jennifer acendia velas pelo chão e corredores, arrastei o colchão do quarto e encostei os almofadões contra a parede. As duas malas, cobertas por uma manta colorida, proporcionaram a mesa de que necessitávamos para nossas iguarias. O cachorro, que teimara em se juntar a nós, não cabia em si de contentamento. Exceto pelo ruído de seu rabo batendo contra o assoalho, e o da madeira estalando na lareira, reinava silêncio em nossa sala.

Um silêncio, contudo, que tinha dono. E foi sem necessidade de introdução que Jennifer disse:

— Fui ao velório.

Servi o vinho, atento a suas palavras.

— Estive com a mãe dele. Ela me abraçou como se me conhecesse. Não sei se Pablo falou de mim para ela.

Deteve-se, como se a referência direta ao morto a perturbasse. Coloquei minha mão sobre a dela. Com os olhos cravados nos meus ela então acrescentou:

— Tão logo soube, Paul indignou-se com a notícia. Parecia estupefato e me abraçou muito. Eu chorava.

Aqui ela passou a mão na cabeça do cachorro, que se instalara a nossos pés, e foi afagando seus pêlos que prosseguiu:

— Antes de viajar ele disse uma frase... — era visível seu esforço em ser fiel à citação — ...ele disse que "*como quase todos nós, Pablo seguramente terá corrido seus riscos*".

Há revelações que ganham, quando despojadas de seus detalhes. As lembranças de Jennifer, densas em suas omissões quanto ao marido, eram férteis em antecedentes de outra natureza. E foram tomando forma à medida que, sem forças para resistir ao acúmulo de emoções, ela descrevia a relação que se permitira manter com o jovem, fruto de uma paixão inesperada que se abatera sobre eles certo final de tarde, no vestiário vazio do Aurora, para prosseguir nas manhãs passadas no mísero quarto que ele alugava na periferia da cidade. Vez por outra, escapuliam até as biroscas situadas nas colinas sobre a cidade, de onde, de mãos dadas e bebendo tequila, acompanhavam o pôr-do-sol e faziam projetos que sabiam impossíveis.

Jennifer salpicou assim as sombras de minhas paredes com pinceladas da coreografia vivida em nossas quadras — e trouxe à tona o encantamento que eu ali testemunhara. Foi o mais próximo que chegou de acusar o marido. E não precisaria explicitar. O que sabia, ou pressentia, emergia da montagem de suas lembranças. A reação de Paul, sua alusão ao perigo, a torrente de recordações prenunciando o desfecho funesto. Juntas, as evocações formavam uma seqüência. E equivaliam à denúncia que tribunal algum daquelas terras acataria.

Algumas vezes em minha vida tive acesso ao núcleo de um segredo alheio. Poucos, porém, terão sido tão singelos quanto o de Jennifer. Em Pablo, ela encontrara algo de precioso e desconhecido.

— *Cariño*... — explicou.

Em sua boca, a palavra conquistava, graças ao sotaque, uma aura especial. Alisando o próprio braço, ela repetiu, de olho nas labaredas: *cariño*. E o cachorro abanou o rabo, mestre que era naqueles enigmas. A cena seria pueril ou piegas, não fosse a imagem do corpo de Pablo pairando a nossa volta com suas marcas de tortura.

— Deveríamos ter tomado mais cuidado — ela admitiu após um momento.

Novamente, o marido subia em cena — e, dessa feita, as velas quase se apagaram. Lá fora o tempo mudara, ergui-me para fechar a janela.

Por uma última vez, a montagem silenciosa fez-se sentir dotada de força e clareza próprias — mas sempre imune ao poder de juízes e tribunais:

— Como será que eles conseguem dormir à noite?

Perdido em um plural remoto, relegado ao anonimato de seus esquadrões, confiado aos braços patéticos de tropas no fundo indiferentes ao horror que semeavam, o marido deixava a cena. E Pablo, sozinho na quadra, erguia sua taça.

Na manhã do dia 15 — *sim, existem manhãs que se sucedem a noites como essas*... —, quando meu avião levantou vôo e planou solenemente sobre a cidade, ainda consegui ver, ao lado do pequeno retângulo esverdeado formado pela piscina, as quadras vazias do Aurora. E prometi a mim mesmo que algum dia revisitaria aquelas paragens.

*

Fosse eu pintor, esse seria o quadro que teria pintado. Foi, pelo menos, o que mantive dependurado nas paredes de minha memória por longo tempo. Pertence à família das obras que sugerem mais do que revelam, mas sua mensagem não deixa grande margem a dúvidas.

Vários anos depois, porém, reencontrei-me por acaso com Paul. E, para minha surpresa, outras camadas de tinta surgiram debaixo das minhas, levantando a possibilidade de que a tela sobre a qual eu trabalhara com tanta diligência em meu cavalete não fosse assim tão branca.

Uma tempestade de neve retinha nossos aviões no chão. Sem perspectivas de reembarque a curto prazo, tínhamos ido parar no bar lotado do aeroporto. A princípio custei a identificá-lo, mas ele não teve a mesma dificuldade: gritou meu nome alegremente e colocou com familiariedade a mão sobre meu ombro. Em seguida pediu uma cerveja ao *barman* e inspecionou-me de alto a baixo.

— Quantos anos... *Vinte*, não? Vinte *quilos* em meu caso! — exclamou sem me dar tempo de reconciliar sua figura com a do fantasma que ainda freqüentava meus pesadelos.

Tinha, de fato, engordado. Mas mudara, senti instintivamente, em um plano mais profundo, que de início custei a determinar. *Para melhor*, vi-me forçado a reconhecer.

— E Jennifer? — perguntei decorrido um momento.

Aqui ele marcou uma pausa, embora seu rosto continuasse a refletir uma alegria jovial cheia de espontaneidade.

— Ah, Jennifer... — murmurou.

Balançou a cabeça sorrindo, enquanto descia rumo ao passado — e era quase possível acompanhar de perto o mergulho que dava por entre as rugas de seu rosto queimado:

— Nós nos separamos uma eternidade atrás... Logo depois da Guatemala. O país não foi bom para nós.

Apertou os olhos, como se reavaliasse os prós e contras daquela época. Pulando algumas etapas, optou por produzir uma informação objetiva:

— Eu me casei mais adiante. Ela também.

Aqui soltou uma risadinha reminiscente do antigo sarcasmo:

— E agora estamos de novo divorciados. Parece que não temos mesmo jeito.

Recusou o copo que o *barman* lhe oferecia e deu um gole no gargalo de sua cerveja, antes de prosseguir:

— Mas estou sempre em contato com ela. Por causa dos meninos.

— Que já não devem ser tão meninos assim... — retruquei bobamente por meu lado.

— É verdade: têm hoje, imagine, a idade que tínhamos naquela época!

— Incrível, não? — comentei no mesmo tom.

Por uns minutos trocamos frases amenas sobre a passagem do tempo, evocando impressões de outras épocas ("*tinha sua beleza, o país*", admitiu ele a certa altura). Nossas palavras alternavam-se com silêncios tão ou mais expressivos — ainda que impossíveis de decodificar. De minha parte, aguardava. O que, não sei. Talvez que as informações, se disponíveis, viessem a mim. Os deuses não me haviam colocado na rota daquele homem — ao preço de uma tempestade de neve que imobilizava tantos viajantes, causando prejuízos pessoais ou materiais de toda sorte — sem uma razão específica.

— Tomara que não passemos a noite aqui... — brincou ele de olho nos janelões do saguão do aeroporto. E colocou um punhado de amendoins na boca.

Na seqüência da conversa, perguntou-me para onde ia. O fato de não estarmos embarcando no mesmo vôo pareceu tranqüilizá-lo. O nosso era um encontro de bar, sem compromissos maiores com o futuro. *Quanto a suas raízes com o passado...*

— Você ainda joga tênis? — indagou então.

Voltávamos às quadras. E Jennifer ressurgia, adorável em seu frescor, abraçada a um Pablo mais jovem ainda, ambos rindo a cada erro dela.

— Não... — respondi. — Parei há muito tempo. Tive um acidente de carro e...

Meu acidente não despertou seu interesse. Os cotovelos sobre o balcão do bar, mantinha-se atento, como eu, a uma imagem. Só que, onde eu via sol, ele abria espaço para a penumbra:

— Pablo... Coitado... — deixou escapar por fim.

E, voltando-se para mim, como se necessário fosse:

— Nosso treinador... Você se lembra dele, não?

Era minha chance. A única que teria, talvez. Aproveitei-a com a inclemência exigida por todos aqueles anos de indignação: mantive-me calado, o olho preso ao dele.

Sem se abalar, ele insistiu:

— *Não...?*

Parecia espantado. Com minha insensibilidade, ou indelicadeza. E foi essa insistência, acoplada à candura em seu olhar — e à concisão daquele "não" —, que abalou minhas certezas:

— É verdade, *Pablo*... — respondi finalmente, produzindo um suspiro grande o suficiente para abarcar parcela significativa da humanidade, nela incluídos seus flagelos e alegrias.

Com isso não chegava propriamente a absolvê-lo. Mas abria uma primeira brecha em convicções até ali monolíticas. *E se toda essa construção desabasse no ar como um castelo de cartas? E se as suposições de Jennifer, que eu endossara sem hesitar, não tivessem a menor base na realidade? E, a propósito: teriam elas existido? Em momento algum ela se referira ao marido...*

Quem sabe Paul nem sequer soubera da aventura que sua ex-mulher tivera naquela época? Por que não imaginar, nesse caso, que Pablo fora vítima de um acerto de contas de outra natureza? Não teria eu cometido uma injustiça contra esse homem, ao condená-lo sem apelação?

— *Como será que eles conseguem dormir à noite?*

A frase não incriminava necessariamente o marido. Poderia referir-se aos assassinos de modo mais genérico. Quem nos garantia que o rapaz não participara da guerrilha, como tantos membros de sua geração cujos corpos amanheciam em valas comuns — ou desapareciam para sempre? O comentário de Paul sobre *riscos* também não poderia ser interpretado à luz dessa premissa?

O homem a meu lado mudara para melhor, como eu notara de imediato. Na aparência, no tom da voz, na atitude. Tornava-se difícil imaginar que ele tivesse cometido um crime a frio — e pudesse agora estar discorrendo sobre aqueles tempos com tamanha desenvoltura.

A vida, além do mais, parecia ter sido generosa com ele. E, no processo, ensinara-lhe uma coisa ou duas. Contou-me que trabalhava na iniciativa privada havia anos e forneceu-me uma série de informações sobre a indústria que o empregara. Sua voz chegava a mim de maneira cada vez mais remota. Mas deixei-o falar assim mesmo. O tempo todo pensava: *seria possível?*

O que, exatamente? Que fosse inocente? Ou que fosse culpado? Mais do que duas possibilidades, ambas as hipóteses apresentavam-se agora a minha consideração como *duas impossibilidades*. E existe um mundo a separar esses cenários.

— *Deveríamos ter tomado mais cuidado...*

A verdade insistia em me escapar, gerando em mim uma tal sensação de impotência que coloquei de lado minha passividade — e voltei de chofre ao tema que me obcecava:

— O que é que você acha que aconteceu?

— O mercado caiu — ele respondeu sem pestanejar.

O *mercado caiu...*

— Não... Refiro-me a Pablo!

— Ah, Pablo! — ele exclamou.

Por pouco não riu. E outra vez a espontaneidade no tom soou tão sincera quanto as palavras:

— Tudo pode ter acontecido. Acontecia *de tudo* na Guatemala naquela época, como você bem sabe.

Virou a garrafa de um gole só. E despachou novo punhado de amendoins.

— Eu tinha meus contatos, fiz umas perguntas aqui e ali. Mas não obtive respostas. A guerrilha, talvez, embora duvide.

Consultou-me com o olhar e concluiu:

— Pablo não tinha esse perfil.

Perfil...

— Ou, quem sabe... — rápida piscadela para mim, cheia de cumplicidade —, uma história de mulher...

Brincaria comigo? Teria condições de esticar a corda a um tal ponto?

Uma história de mulher...

Era verdade, até isso *também* poderia ter ocorrido. Uma *outra* história, nesse caso.

Pelos alto-falantes ouvimos a informação de que o aeroporto abriria em alguns momentos mais. Fomos aconselhados a verificar nos monitores os novos horários de nossos vôos.

— Pois é... — disse Paul acenando para o *barman*. Resumia a sua maneira, e em duas palavras, o teor de nossa conversa.

Seguiu-se uma disputa amiga pelo direito de pagar a conta. O único confronto possível naquela arena. Por meu lado, lutava contra o desejo sagrado de agarrá-lo pela manga e indagar:

— *Paul, você o matou, não?*

Mas não tive condições de cruzar a fronteira. Cheguei a sentir uma ligeira vertigem, como se estivesse à beira de um precipício e, lá de baixo, o corpo de Pablo acenasse para mim, clamando por justiça ou, à falta dela, por clareza. Mas foi calado que apertei a mão de Paul.

Desde então, passaram-se outros dez anos. Hoje, quando a cena ressurge em minhas lembranças, é esta a pergunta que ecoa na tela de minha memória:

— *You did it, Paul, didn't you?*

Por vezes ele sorri — e responde com afeto:

— *Claro... O que mais poderia fazer nas circunstâncias...?*

Outras vezes, olha-me como se eu fosse louco.

A hora e o tempo

Ultimamente, à noite, no instante em que pousava a cabeça no travesseiro, a mesma reflexão vinha-lhe ao espírito: seu tempo passara — sem que sua hora tivesse chegado. O sentimento de inutilidade e insatisfação, contudo, em vez de acabrunhá-lo ou deprimi-lo, fazia-se acompanhar por um sabor de revelação. Talvez porque o interpretasse de maneira muito singular: seu tempo passara, *mas sua hora ainda poderia chegar*. Daí aceitar, resignado — mas não frustrado —, o alerta que deuses e demônios, mancomunados, lhe mandavam de alguma esquina do universo.

Se a mensagem era recorrente, os caminhos que o conduziam a ela variavam. Uma frase mais atravessada do chefe ao final do expediente, por exemplo, ou uma risada de um colega podiam desencadear o processo. Com freqüência, também, algo de ameno ou agradável servia de fio condutor — como ocorrera naquela noite. Ao se sentar na cama para armar o despertador, um mero guardanapo de papel depositara-o bem no centro de sua arena. Olhara para o pequeno quadrado emoldurado entre dois vidros, em cuja superfície a filha desenhara um arabesco e rabiscara quatro palavras. O papel desbotava. E as palavras, que em um dia remoto haviam inundado de calor seu coração, tinham-se agora tornado quase ilegíveis.

Para meu papai querido...

Poderia haver algo de mais singelo? Que mal haveria se as honrarias de sua vida se resumissem a esse simples pedaço de papel?

Seu tempo... Sua hora...

Como reagiria a filha, hoje casada e feliz em seu discreto núcleo familiar, se imaginasse que ele, na solidão do leito conjugal, lutava para resgatar a metade do cobertor que a mulher sistematicamente arrastava para o lado oposto da cama? O que diria se soubesse que travava ali sua única e derradeira batalha, surda como todas as que infernizam as noites dos homens sem sorte? Vendo-o condenado a enfrentar as correntes de ar sob a proteção única de um lençol, ficaria chocada — ou comovida — com a despretensão de seus desafios?

Nessa noite em particular, quando o guardanapo azulado batera asas para ceder lugar a outras lembranças, o frio, persistente, não lhe permitira navegar sonho adentro. Verificara, com tristeza, não ter sequer energia para se levantar e buscar, na poltrona vizinha à cama, a manta que em geral deixava de sobreaviso. O desejo de sumir, abandonar tudo, voltara então a assediá-lo.

Sumir... Da primeira vez chegara a se amedrontar. Talvez porque o pensamento tivesse varado sua mente com a velocidade de um raio e escapulido antes que fosse possível censurá-lo. Mas ele regressara dias depois, dessa feita suavemente.

Despojado de surpresa, criara raízes — como se tivesse encontrado, em meio a dúvidas e certezas, diversos aliados.

Evitava conjugar um verbo muito específico. A distância entre partir e fugir parecia-lhe minúscula. Se fosse obrigado a dar forma à percepção com que convivia, recorreria a uma cena de sua infância, quando surrupiara um bombom de framboesa de um jarro na casa do padrinho. Fugir, escapar de casa, soava assim como uma variação da travessura de menino, cujo eco, reciclado, acalentava hoje, sob um rótulo de coisa proibida, suas vigílias noturnas.

Tinha quatro anos quando, aproveitando-se de um momento de distração dos adultos, roubara seu bombom. Lá fora, o canto dos pássaros intensificara-se. O alerta da natureza levara-o a avaliar as conseqüências de seu gesto, caso fosse surpreendido no ato: a irritação do pai, o constrangimento da mãe. Não lhe ocorrera que ambos, mais o padrinho e a velha empregada, teriam adorado sua proeza. E que o jarro, em última análise, estava ali para ser tomado de assalto. Como a vida.

Não... Preferira encarar o desafio por outra vertente, seu lado proibido. Tão mais sedutor... O Bem sinalizava luz, gratificações, reconhecimento. Em sua ânsia tola de irradiar beleza, tornava-se coletivo. O Mal, em contraste, era individual. Um mistério situado na divisa entre o susto e a magia. Se esticasse a mão poderia tocá-lo. (Melhor do que comer o bombom era senti-lo pulsando como um talismã no fundo do bolso.)

O jarro, o bombom melado, o beijo de despedida no padrinho, a viagem de volta com os pais, os bondes afunilando-se no horizonte ao entardecer...

Que caminhos teria percorrido pela vida afora se sua antiga transgressão tivesse sido denunciada com gritos de alegria — e acolhida com beijos e abraços? Hoje, aos cinqüenta e quatro anos, sem coragem ou fôlego para grandes vôos, reavaliava as alternativas de que dispunha. Eram limitadas, como tudo em sua existência.

A primeira, e mais efetiva, consistia em morrer. A perspectiva, vista de modo objetivo, não o afligia, mas tampouco se revelava convidativa. Mesmo porque não se tratava de uma *alternativa* no verdadeiro sentido do termo — já que desconsiderava o suicídio. Tinha consciência de que seus males se mantinham aquém de soluções extremas. A morte aparecia-lhe como um fenômeno externo, algo que lhe seria imposto um dia, porém de maneira confortavelmente estranha a sua vontade.

Lembrou-se do pai, falecido alguns anos antes, após um longo período de internação em uma clínica psiquiátrica. Juntos haviam navegado doença adentro, o velho imerso em uma bruma cada vez mais espessa, ele caminhando pelas margens de uma paisagem algo familiar. Ora emocionado, ora atento, fora testemunha da lenta transformação da figura que se esvanecera a sua frente.

A transição não lhe parecera penosa, nem assustadora. Imune ao que acontecia a seu redor, o pai visitara, em sua velhice, os labirintos que ele, em menino, a seu modo havia percorrido. Perto do fim, antes que o pai se perdesse em seu nevoeiro, haviam trocado um aceno. Ideal, aquela partida. Era o que aspirava para si agora, caso lhe fosse dado o privilégio de emergir do outro lado da neblina.

Sorriu na escuridão do quarto. E regressou às amendoeiras do padrinho. Alguns anos haviam passado, ganhara força, crescera, a maldita roupa de marinheiro desaparecera. A atiradeira nas mãos, hesitava perante uma infinidade de andorinhas e pardais — um suplício mais que um desafio.

Tão curiosa, a crueldade em uma criança. Tão frágil, despojada de rancores. Estaria ali a semente de sua insegurança? Tremera diante dos pássaros — e errara. Uma dose de maldade fronteiriça à inocência seria essencial à formação de um homem? Teria deixado de se impor, ou de colher êxitos em sua trajetória, por falta de pontaria?

A questão, hoje, de todo modo, já não era essa. Precisava lidar com as razões que asfixiavam seus anseios, uma espiral alimentada por um combustível incômodo: sua passividade.

Um defeito banal, no fundo. Mas que tinha suas vantagens: permitia-lhe concentrar-se. E lançar a sua volta um olhar agudo. Seu único patrimônio real, aquele olhar. Em compensação, que privilégio. Cenas submersas desfilavam constantemente a sua frente. Uma noite, em um jantar, observara o diretor da seção de inventários encarando uma rosa com tal severidade que a flor perdera suas pétalas. *Sou eu a rosa*, percebera fascinado. Eram *suas* as células que haviam murchado — *seus* os trinta e tantos anos de convívio com chefes que o perseguiam por razões fúteis ou mesquinhas.

(Ao deixar a festa olhara para a flor uma vez mais — e lá estava ela, intacta e até bem fresca. Por cortesia do delírio alheio, tivera acesso ao próprio. Não se assustou, porém. Longe disso: recordou-se do poeta que, certa vez, havia sido cobrado pelas homenagens constantes que rendia às rosas.

Por que a rosa?, indagara a repórter em uma voz charmosa, enrolando alguns fios de cabelo nos dedos. *Porque ela é bela — e não insiste...* respondera o poeta, sem esperança de que a jovem entendesse e atirasse ao mar todos os seus brincos e argolas.)

A noite da festa renderia outros dividendos. Ao regressar a casa, esperara que a mulher se recolhesse e pegara o violino. Havia meses que não tocava. Considerava-se um músico razoável, chegara a completar com êxito os estudos no conservatório. Faltara-lhe, contudo, coragem para prosseguir. Mas assistia a todos os concertos da orquestra da cidade, sempre atento ao naipe de cordas. Buscava descobrir se a melodia imunizava os colegas contra os reveses da vida. Ou se, ao contrário, aprisionava-os ainda mais no anonimato.

Arriscara um prelúdio de Bach, baixinho, na penumbra da sala, um tema que ele próprio transpusera do cravo para o violino. Felicitava-se por ter escolhido a dedo um instrumento que evocava com precisão a intensidade do olhar. Não havia nota que soasse mais fina a seus ouvidos do que a que extraía de suas cordas.

Verificava, com alívio, que alguma força retirava de suas fraquezas. Ilusória que fosse. Já que viajava tão sem bagagem, embalava-se na luz de suas retinas e no som de seu instrumento, atribuindo-se talentos que talvez nem fossem excepcionais, mas que cresciam e se afirmavam em segredo.

Ao abrigo dessa certeza, animara-se a apanhar a manta e se cobrir. A decisão levou-o a adormecer.

*

Despertou no dia seguinte bem-disposto. Durante boa parte da noite, sonhara com um salão de jogos. Agora, ao fazer a barba de olho no espelho, procurava em vão lembrar-se das apostas de que participara. Mas a sensação de que se envolvera em uma seqüência de atividades diversas, namorando riscos desconhecidos (moedas de tamanhos variados haviam trocado de mãos entre panos verdes ou dourados), permanecera com ele. Uma sensação serena, dada a inexistência, em sua memória, de algum resquício de lucro ou perda.

Demorou-se mais do que de costume no banheiro. Sondou seu rosto detidamente, sem chegar a maiores conclusões sobre o estado de alma do velho parceiro. Recuou um pouco e ergueu-se sobre a ponta dos pés, para melhor examinar o corpo. De perfil, comprimiu a barriga com a mão.

Depois do café, decidiu ir a pé para o trabalho — pela primeira vez em muitos anos. Chegaria atrasado, o que seria notado. Não como falha, pois ocupava lugar de destaque no panteão dos funcionários exemplares. Como algo inédito. Nenhuma pergunta lhe seria feita, mas passaria por uma floresta de sobrancelhas franzidas. Ao visualizar a cena, e rever, ao fundo, a porta entreaberta do diretor, deu-se conta de que o espaço cheio de mesas, no qual conviviam desde sempre, lembrava de perto o salão de jogos de seu sonho. A descoberta forneceu-lhe a chave tranqüilizadora de que necessitava para enveredar, sem culpas, pela avenida que se abria a sua frente.

Pôs-se a caminhar, o olho atento aos galhos das árvores e aos canteiros de flores, surpreso com o frescor do ar e a qualidade límpida do céu. Haviam entrado na primavera e ele nem reparara. Pensou em regressar e deixar o casaco no vestíbulo, mas lembrou-se de que talvez necessitasse dele na volta.

As ruas estavam tomadas por uma gente apressada, crianças atrasadas para a escola, homens e mulheres a caminho do trabalho, comerciantes que abriam suas lojas. Um casal mais idoso, sentado em um banco, atirava miolo de pão aos pombos. Que cidade era aquela, chegou a se perguntar.

Endireitou o corpo — era a *sua* cidade, sem dúvida. Ali estavam os trilhos dos bondes cortando os paralelepípedos molhados, as torres da igreja, os muros do convento, a recém-restaurada sede da municipalidade, o cassino...

O cassino... Deteve-se por um instante diante do prédio. E ergueu os olhos para as cinco janelas enfileiradas ao longo da fachada do primeiro andar. Apesar da claridade do dia, os lustres estavam iluminados. Ainda haveria gente àquela hora? Personagens de seu sonho, que tivessem ficado para trás, recusando-se a despertar?

A escadaria de mármore da entrada, recoberta por um imponente tapete vermelho, mantinha-se deserta. Parou na calçada, atrapalhando o movimento. Conseguiu ver, ao alto, por detrás do vidro das pesadas portas, o porteiro de perfil. Quantas vezes, em menino, não se encantara com as reverências de um seu antecessor? Engalanado na faixa do exagero, com sua cartola de mágico, o homem curvava-se em sua direção e ria, esticando os bigodes sobre a face corada.

Em uma única ocasião, quando ainda jovem, colocara os pés no interior do cassino: chamado no meio da noite, como se fosse um médico instado a atender uma emergência, substituíra na pequena orquestra do bar um colega de conservatório que adoecera. Ficara nervoso, de início, pois pela primeira vez se apresentava para uma platéia tão distinta. Não era versado, além do mais, em música ligeira. Mas logo percebera que o olhar dos presentes deslizava por ele em sintonia com a melodia, tornando-o tão efêmero quanto ela e, para todos os efeitos, invisível. À sombra dessa abençoada proteção, tocara como nunca. E, a certa altura, entreabrira os olhos.

Fausto e magia, as palavras que lhe vieram então à mente. As mulheres de longo, os homens de casaca e, nas raras pausas da música, o tilintar dos cristais. Prazer, inconseqüência e uma beleza quase irrelevante... Ao fundo, o ruído das fichas, o frenesi das apostas. *Rien ne va plus...*

Seu tempo, sua hora...

Hora de trabalhar, isso sim!, murmurou para si mesmo sabendo-se atrasado. Atravessou a rua com pressa, não viu o carro. Rodopiou no ar como a esfera metálica que, segundos antes, girara na roleta de sua memória e aterrissara no zero.

*

Acordou nove dias depois. Emergiu, primeiro, para a luz. Filtrada pela cortina que se movia com o vento, logo deixara de ser difusa e impessoal para ceder lugar a um raio de sol, que subia do chão em direção à cama e roçava seu rosto com a sedução de uma carícia. Em seguida, notou o quadro. Dependurado na parede a sua frente, retratava um vilarejo que pouco a pouco crescia sob seus olhos, transformando-se em uma estranha cidade. Circulou por suas ruelas, freqüentou suas fontes, dormiu nos bancos de suas praças, perdeu-se. Saíam sons daquelas construções baixas, que se confundiam com os da vizinhança de seu quarto. Passos, trechos de conversas, bandejas caindo ao longe, crianças brincando. E gemidos, entremeados a latidos de cachorros. Deu com os contornos de uma mesquita.

— *Ele está sorrindo.*

Aproximou-se. Do topo do minarete uma silhueta surgiu, ofuscada pelo sol. Os fiéis esbarravam nele, a caminho do templo.

— *Pode ser uma contração muscular.*

— *Os médicos já vieram?*

— *Vieram.*

Em seguida, uma pausa. E, de repente, a evidência da passagem do tempo, precioso fio da meada em meio ao labirinto em que se debatia:

— *Quantos dias faz hoje?*

— *Nove.*

A cabeça e a mesquita deixando de girar. Os olhos de súbito abertos. *Nove dias*. Uma porta, um biombo, a cadeira, a mulher, a filha — e as palavras.

— *Você falou com os enfermeiros?*

— *Combinei tudo. Eles vão se revezar.*

De onde vinha? *De outra dimensão. E outra cidade.* As cortinas balançando ao vento, o calor do sol revisitando seu rosto, a doçura, o abandono...

*

No hospital, as cenas a seu redor se repetiam com uma certa constância. Logo ao despertar, os estudantes da faculdade de medicina, debruçando-se com respeito sobre seus gráficos e raios X. Depois, os médicos, um cofiando a barba, o outro sorrindo em silêncio. A mulher sentada na cadeira, a filha de pé contra a parede acinzentada. E *a sensação de espanto.*

Tinha uma raiz central, o espanto. Algo próximo a um paradoxo. Exceto pela cabeça e a parte superior do pescoço, dotadas de movimento, seu corpo encontrava-se imobilizado em uma pesada carapaça de gesso. Seus braços e pernas mantinham-se erguidos, presos a polias que projetavam suas extremidades em quatro direções opostas. Longe de sofrer com essas circunstâncias, contudo, sentia-se bem — e até aliviado. Como se a administração de seu tronco e membros tivesse sido confiada a terceiros e ele, em conseqüência, já não pudesse escapar de um tão adiado confronto com sua mente. Quando, no meio da noite, acordava com a presença de um enfermeiro trocando seus soros, chegava a duvidar que sua cabeça ainda conservasse alguma conexão real com a mancha branca que balançava na penumbra.

Um único desconforto: ficava tonto e sentia alguma náusea no momento em que fechava os olhos. Reabria-os, então, levemente, e reexaminava o ambiente. Primeiro, a poltrona. Quase sempre tomada, sua relevância variava segundo as formas que emoldurasse. (Preferia-a vazia, quando se permitia resgatar da memória a figura de um ou outro visitante, condenando os demais ao esquecimento.) Depois, o jarro de flores. Ausente à noite, presente de dia. *Porque ela é bela...*

Pela mulher soubera que durante a semana alguns amigos e colegas de trabalho haviam-se revezado pelos corredores. Soubera também que o Diretor-Geral telefonara. E que a senhora que o atropelara o visitara por diversas vezes, ora chorosa, ora preocupada.

À margem dessas informações, recebera notícias sobre o estado geral de sua saúde. Uma repetição, pelo que percebeu, das explicações que um médico lhe dera dias antes — e que ele não registrara. Precisava, em essência, armar-se de paciência, de modo a enfrentar com êxito um longo período de reabilitação. Não ficaria paralisado, nem perderia a capacidade de se locomover, ou de movimentar braços e mãos. Dependendo da fisioterapia, havia inclusive uma pequena chance de que pudesse voltar a tocar violino. Mas a perna direita sofrera duas fraturas, uma delas exposta. Eram grandes as probabilidades de que viesse a mancar. Por um bom ano pelo menos, caminharia com dificuldade. Incorporou uma bengala a seu figurino e decidiu se aposentar.

Um modesto ovo de Colombo, essa decisão, uma delicadeza dos deuses. A partir daí, a imobilidade, longe de incomodá-lo, libertou-o para voar pelas páginas dos livros que ainda leria, com escalas nas cores dos quadros que contemplaria, dos portos desconhecidos que visitaria. Territórios virgens descortinavam-se a sua frente, em um mapa onde as distâncias não apresentavam obstáculo. A sabedoria da idade fundia-se à impetuosidade da juventude, em uma combinação imbatível.

Imbatível e, por isso mesmo, dispensável. Na realidade, era sua armadura de gesso que o fascinava: privado de seus movimentos, vulnerável — e ao mesmo tempo livre. Preso à cama, solto em espírito. Por vezes ria sozinho no meio da noite: ao ser atropelado conseguira, de um golpe só, saltar de uma claustrofobia abstrata para o mais concreto — e exíguo — dos espaços.

Graças a isso, no entanto, respirava. E, à medida que voltava a si, inventariava os pormenores a seu redor, atribuindo aos fragmentos de informação um valor de novidade.

O olhar agudo não o abandonara — mantinha-se fiel a seu comando. Matizado pelos medicamentos que corriam por suas veias, decompunha em fotogramas precisos os instantes que haviam precedido o impacto com o carro. Cada fração de segundo correspondia a um quadro exposto em uma galeria de contornos simétricos, por onde deambulava com sua bengala, comparando as cenas reais de sua caminhada matinal rumo ao trabalho às reverberações de suas lembranças. O grito abafado da mulher do outro lado da rua confundia-se com os risos de seu porteiro engalanado. A escadaria deserta do cassino povoava-se de casais vestidos a caráter, entre os quais, esbaforido, ele próprio se esgueirava, o violino nas mãos. Todos os tempos, passados e presentes, conviviam em sua galeria, fundindo-se por vezes em uma única estampa. Ao fundo, em contraponto à música, a esfera brilhante saltitava nas barras metálicas da roleta.

De seu leito, voltava a entreabrir os olhos para os personagens que, debruçados sobre sucessivas mesas de jogo, faziam suas apostas. Deixava-se contagiar pela energia daqueles seres que, com maior ou menor ênfase, haviam subordinado seus anseios a uma decisão frívola. E por que não? Lembrou-se dos clássicos. *Cedo ou tarde os homens tornam-se donos de seus destinos*. Precisava vislumbrar seus objetivos, por modestos que fossem.

Nas grandes tragédias, eram a fúria e a paixão que varriam personagens de um lado a outro das paisagens. Em mais de meio século de existência, contudo, nenhuma dessas duas fagulhas sagradas incendiara seu paiol. (De que quantidade de pólvora disporia seu arsenal? Nada que gerasse grandes rojões, suspeitava.) Revia-se, menino, os braços esticados, duas varinhas firmes nas mãos, as estrelinhas cintilando. E, mais tarde, imóvel, em seu salão de jogos. Ali tampouco correra riscos.

*

No quadro em frente a sua cama, os moradores de uma cidade esquecida saíam do templo. Em algumas casas, luzes veladas acolhiam as famílias ao redor da mesa. *Lampiões*, deduziu, pela cor alaranjada que invadia a tela. A mesquita aproximava-se dele, repleta de receios contidos — e esperanças.

Com o tempo, convencera-se de que devia à proximidade da morte as chaves da misteriosa cidade. Como se o breve minueto que dançara com ela tivesse franqueado seu acesso à tela. Um capricho da velha senhora, talvez. Ou uma compensação pelo mal de que fora vítima. Quem sabe um truque, escamoteado aos encantos da vida. O fato de seu corpo ficar para trás, preso à carapaça de gesso, ajudava. Conferia a suas expedições a leveza necessária.

Circulava como uma sombra por seus cenários, que se tornavam mais particulares a cada visita. Como o guarda que agora se mantinha imóvel entre o bosque que ele acabara de deixar e as muralhas que teria de atravessar. Portava uma lança, trajava uma túnica branca, calçava sandálias. Parecia aguardá-lo. Não se recordava da existência de sentinelas, em ocasiões anteriores. Qual a verdadeira razão de sua visita, indagava o vigia. *A verdadeira? Haveria uma oculta?* Baixava os olhos para o violino. *Era esperado. Em uma hora mais tocaria na praça central.* O guarda deixava-o passar.

Longa, a caminhada até as muralhas. Na escuridão, não conseguia localizar os portões da cidade. *Um cheiro de carneiro assado...* Guiava-se por ele... Logo dava com vários homens comendo ao redor de um fogo de lenha. Outras sentinelas? Caminhava em direção às labaredas. Um metal frio encostava em seus lábios, forçando uma entrada indesejada. A colher em sua boca, o vulto debruçado sobre ele — a filha. *Canja de galinha, outra vez...* Sem sal, como sempre. *Que outras carnes estariam sendo assadas em sua cidade?*

Recompensa a filha com um sorriso. Mais adiante, quando novamente ficar só, voltará a navegar pelas brechas de suas imagens. Por ora, passa em revista seu repertório. Que gênero de música tocaria? Ares populares, claro. Mas de que época? *Todo cuidado era pouco...* Que tipo de platéia estaria na praça? Por que não mergulhar em seu prelúdio e tecer, ao amparo das notas, uma melodia com ar de tapeçaria?

*

Os portões da cidade abriam-se para ele, com direito aos cumprimentos dos passantes, como se a missão de que se encontrava investido fosse conhecida de todos.

A praça repleta... E a surpresa, já no primeiro acorde: o som, visível, esculpido no ar, quase palpável. À medida que o arco corta as cordas, o desenho ganha uma forma definida. Na escuridão do quarto, o tom rouco de sua voz confere uma dimensão sonora a seu deslumbramento:

— *É isso, então... É isso...*

Amparado pela revelação, regressa à praça, fascinado com a curiosa ausência de limites, parâmetros, referências, contextos. Sem qualquer obstáculo de natureza técnica a inibir sua execução, instala-se *dentro da música.*

Como em sua galeria simétrica, quando cenas de diferentes épocas haviam, por momentos, coexistido em um mesmo fotograma, na praça, também, convivia com emoções que se fundiam umas nas outras — e respondiam pelo ritmo de sua música.

Ergue o arco de seu violino entre dois acordes e, valendo-se da pausa que deixa a praça suspensa no silêncio, vai ao encontro de outra paisagem. As ruas estão tomadas por uma gente apressada, crianças dirigem-se às escolas, homens e mulheres ao trabalho, comerciantes abrem suas lojas. *Que cidade era aquela?*

Endireita o corpo, baixa seu instrumento — era a *sua* cidade. Ali estavam as ruelas estreitas de terra batida, recobertas de cascalho, os rodamoinhos de poeira, as construções baixas entremeadas de oliveiras, os minaretes da mesquita e, em seguida, um pouco além do raio de sol em seu rosto, os muros do convento, a recém-restaurada sede da municipalidade, o cassino...

O *cassino*... Detém-se por um instante. As janelas enfileiradas ao longo da fachada do primeiro andar continuam iluminadas — os jogadores recusam-se a despertar. O violino rente ao corpo, incomoda os pedestres que esbarram nele na calçada molhada. O porteiro desce os degraus da escadaria, curva-se diante dele — exige que continue a tocar. Aponta para a multidão que se agita na praça. Fausto e magia, homens de túnica, mulheres de longo, lanças — e o tilintar dos cristais.

Seu tempo, sua hora...

Hora de tocar!, exclama, em falta com seu público. Atravessa a rua com pressa — *escuta o grito da mulher* —, reabre os olhos, atraca-se ao jarro de flores. Em meio à vertigem, o pai, sentado na poltrona vazia:

— Como é que você está se sentindo, meu filho?

— Bem, papai, bem...

— Então, amanhã... — *o tom familiar e irônico* — ... escola!

Escola... Não fizera os deveres! No fundo do bolso da calça, a mancha melada do bombom de framboesa... Outra bandeja cai à distância, os cães voltam a ladrar, os dois pombos aninhados na caixa do violino batem asas — está só em seu banco de praça. Encostada à parede cinzenta, a filha. *Para meu papai querido...* A carapaça de gesso balança na escuridão, em compasso com os gemidos do vizinho.

De quantos tempos superpostos seria feita a trajetória de um homem? Com os olhos, busca a porta, o biombo, a cadeira.

— Papai...?

Já não precisava fugir.

*

Em casa, o escritório no térreo, ao lado da sala de estar, havia sido transformado em um quarto para ele. Embora avisado da mudança, estranhou a presença da cama e do aparelho de fisioterapia — corpos estranhos em uma área antes ocupada pelo silêncio de seus pensamentos, ou a música que produzia em surdina na calada da noite. Mas a alegria diante do reencontro com os livros bem como a certeza de prolongar o isolamento em que vivia o convenceram a assimilar os intrusos e redefinir seu espaço em bases novas.

Refletia bastante sobre o que lhe acontecera, ciente de que uma parte sua permanecera para trás, presa a sua praça. Nunca fora um homem religioso. Ainda assim, associava a experiência que lhe tocara viver a uma conversão. Sabia, por exemplo, o que era ser músico. Mais importante, embora perturbador, sabia o que era ser *música*. Entre um estado e outro, não parecia haver grande diferença. (E isso, sim, o preocupava.)

Passou a receber, com maior constância, a visita dos colegas de trabalho. Traziam notícias do escritório, que variavam segundo a situação funcional de cada qual. Uns viam o futuro da firma malparado, outros alimentavam a esperança de dias melhores. Com a aposentadoria a caminho, sentiu que seu cargo despertava a cobiça de todos. Alguns solicitavam, de forma discreta, seu apoio junto ao Diretor-Geral. Julgavam que uma recomendação sua contribuiria para definir a questão.

No aniversário, celebrado com a mulher, a filha e o genro, além de dois primos de passagem pela capital, ganhou sua bengala. Parecia um cajado, notou. Faltavam meses para que pudesse voltar a caminhar (circulava pelo andar térreo da casa em uma cadeira de rodas), mas acolheu o presente com satisfação. *Com sua ajuda regressaria um dia ao hospital e voltaria a penetrar em seu quadro.*

Concentrou-se em melhorar. Dois enfermeiros revezavam-se em sua cabeceira, participando de suas rotinas básicas e levando-o para passear pelo bairro, com direito, quando o clima permitia, a meia hora no parque. Eram também responsáveis por sua fisioterapia, ajudando-o com os pesos e a aparelhagem. Nos momentos de folga, folheavam revistas velhas em um canto do quarto.

Uma tarde, recebeu a senhora que o atropelara. No hospital, preferira não vê-la. Mas mandara-lhe, por meio da mulher, um recado agradecendo as flores e o cartão. E ela tivera a finura de não insistir. Mas agora, sabendo-o em casa, telefonara.

O inquérito a inocentara de culpa, as testemunhas haviam sido peremptórias: fora ele quem cruzara de súbito a rua, como que se atirando à frente do carro. O encontro, então, era importante para ela. A pobre senhora precisava dar uma forma ao boneco que, à noite, continuava a se chocar contra seu pára-brisa.

Sugerira a sua esposa que os deixasse a sós, o que ela fez após servir um chá à visitante. Fechada a porta, olhou-a com curiosidade. Devia-lhe as chaves do paraíso e a mulher nem desconfiava... A princípio, custou a entender as palavras de desculpas que ela produzia em voz baixa. Ofereceu-lhe um bombom, que foi aceito. Contou-lhe sua aventura de menino na casa do padrinho, enquanto ela recostava na cadeira seu corpo rígido. Pensou com tristeza que a figura a sua frente ganharia dez anos se permitisse que um sorriso iluminasse seu rosto. (As pessoas reunidas em sua praça rejuvenesciam quando ele tocava.) Teve vontade de lhe falar do quadro. Desistiu quando viu a mudança em seu olhar. Não era medo, mas quase.

A visita foi curta. Exceto pela contrição inicial, em nenhum momento ela voltou a tocar no acidente. E ele, rompida a ponte, ficou sem condições de trazê-la para o interior de sua cidade. Percebeu assim que dificilmente teria como transmitir a terceiros o gênero de experiência por que passava.

Os médicos recomendaram que um psicólogo o acompanhasse. Na sessão inicial, o terapeuta analisou as razões de sua presença. Falou da necessidade de prestar-lhe assistência nessa fase. Recordou as conversas que haviam tido no hospital.

Simpático, o rapaz. Olhando-o melhor, reconheceu que suas feições eram familiares. De repente, lembrou-se. *O guarda... O homem de túnica e sandálias...*

Seria ele? Tomado por um prazer genuíno, soltou uma risada. O terapeuta riu também, ajeitando sua lança — sem desviar o olhar do seu. Depois pegou um bloco e formulou algumas perguntas. *Qual o verdadeiro objetivo de sua visita?*

Haveria então uma razão oculta? Baixou o olhar para as mãos. Soube então que os comentários que emitia vinham inquietando os amigos. A mulher e a filha os consideravam — aqui o terapeuta consultou suas notas — *enigmáticos*. Controlou-se para não rir pela segunda vez. (Não convinha hostilizar o profissional — *era aguardado na praça*.)

Para ganhar tempo alegou sentir uma necessidade absoluta de se recolher. Falaria de si um dia, prometeu. Breve. Desde que, agora, lhe permitissem passar. *A multidão se impacientava.*

A partir dessas visitas, e das reticências de que se tornara progressivamente alvo, abriu mão de estabelecer um compromisso mais estreito com a realidade. As palavras tornavam-se tão irrelevantes quanto o silêncio. Deixava a mulher em um espaço e a reencontrava em outro. O mesmo ocorria com a filha, os enfermeiros, ou algum colega. Media a distância de seus percursos pelas pupilas dos interlocutores. Quanto mais dilatadas, maior a elipse em que se refugiara.

Para a mulher e a filha, cujos murmúrios por vezes captava, ele cruzava e descruzava a fronteira da lucidez, indo e vindo segundo estivesse "bem", ou "mal". Falavam muito em *ausência*. Sua capacidade em reagir a um estímulo objetivo, fosse ele um gesto ou uma palavra, servia de termômetro para sua presença.

Para ele, contudo, essa linha divisória inexistia. Mudara só de partituras: onde antes tocava apenas violino, agora regia uma orquestra. Havia-se tornado responsável por um conjunto de sons aos quais tinha acesso simultâneo, em uma pauta infinitamente maior. E assim como, em uma melodia, o instrumento solista às vezes se abstém, criando brechas para coadjuvantes que enveredam por rumos diversos, também ele, atento à multiplicidade de variáveis, *ausentava-se*. Mas apenas de *uma* de suas linhas melódicas.

A rigor, nem a música representava uma metáfora ideal, pois navegava em uma abstração quase sempre silenciosa, sem começo ou fim, cuja constância não dependia de seu estado de espírito ou grau de consciência. Nos períodos de "lucidez" reconhecia que as drogas tomadas no hospital respondiam pelo painel circular que substituíra sua galeria. Mas essa explicação tampouco importava. Outros elementos haviam surgido — e exerciam sobre ele um poderoso fascínio. Já não havia, por exemplo, uma diferença marcada entre sono e vigília. Conseguia viver momentos de singular clareza na penumbra de sua cidade. Por outro lado, raramente entendia o que lhe era dito por algum enfermeiro.

Mais de uma vez, entre uma e outra viagem, notou o terapeuta trocando idéias em voz baixa com a mulher. Não alimentava grande esperança de estabelecer contato com eles. Nem tinha particular vontade de fazê-lo. Preferia observá-los à distância e, no caso da esposa, reaproximar-se dela mais adiante, depois de explorar seus domínios com algum cuidado. Resgataria então, da corrosão do tempo, o amor que sentira por ela ao longo da vida.

Com a filha abria-se um pouco. Sem franquear-lhe certos segredos. Permitia-se uma escala em seu olhar, a que a menina correspondia com afeto e apreensão.

Não teria levado ao extremo o anseio de se recolher?

Quando essa dúvida o assaltava, era seu corpo que o trazia de volta: as dores pelos braços e pernas, antes discretas, faziam agora parte de sua história — e atuavam como um lastro em seu dia-a-dia.

Com o corte nos remédios (decorrente, pelo que entendera, de um apelo do terapeuta aos médicos), a fatura do incômodo, tão adiada, era-lhe afinal cobrada. Não de maneira terrível, que lhe infernizasse a existência. Mas de forma constante. Os exercícios, penosos por definição, expunham suas vulnerabilidades. Já não era fácil escapar de seu corpo.

Fosse o terapeuta um ser perceptivo, escolheria essa hora para dialogar com ele, quando a dor o mantinha colado rente à superfície da vida. *O que seria dele quando se curasse e ela o abandonasse?*, chegou a se perguntar. Uma preocupação central, apenas confessada, o fustigava então: *Para onde iria? Que controle teria sobre si mesmo?*

Sem um mínimo de elos com os seus, como questionar aqueles que, em futuro previsível (e talvez com razão), viessem a considerá-lo louco? Não se tratava de uma questão teórica. Tratava-se de sua sobrevivência.

Para matizar um pouco os receios em que se debatia, conferia uma dimensão altruísta a suas dúvidas: atribuía-se um desejo de compartilhar suas experiências com o mundo. Em um primeiro momento, a mulher, a filha, alguns poucos amigos. Mais tarde, os médicos. E, por meio deles, a comunidade científica. *Mas como fazê-lo, se não o levassem a sério?*

*

Certa noite, a fragilidade a sua volta acentuou-se até dominá-lo por completo. Em meio a uma frase roubada a um diálogo amortecido, ouviu a palavra *derrame*. Um frio intenso apoderou-se de seu corpo.

Recordou-se do pai, perdido na bruma de seus anos finais. Reviu sua mão esbarrando no vidro, o olhar opaco, o sorriso soterrado.

Balbuciou um pedido, esboçou um gesto. As frases já não obedeciam a seu comando. Teve a sensação estranha de que nem correspondiam a seus pensamentos. O espanto dos primeiros dias reapareceu, despojado de encantamento. Um pânico — incisivo, úmido, sombrio — abateu-se sobre ele.

Embalado pela enormidade do que lhe acontecia, deixou-se ir. Quase em seguida, nova guinada — e um denso mistério: *tranqüilizava-se*. Alcançaria o desconhecido sem abandonar, de todo, o familiar?

Sua temperatura voltava ao normal. Reconfortado, experimentou um curioso desejo — o de colorir sua cidade. Até ali, deu-se conta, eram os tons marrons e acinzentados que haviam predominado. Apelou para a filha: precisaria de pincéis e tinta. A menina, contudo, limitou-se a sorrir. Chamou-a com um gesto. Do umbral da porta, ela acenou. *Despedia-se.*

Mas como? Virou-se para a mulher, que beijava sua testa. *Pincéis, tinta...* tentou gritar. "*Debaixo do travesseiro*", acreditou escutar.

Debaixo do travesseiro. Claro... Debruçou-se sobre a tela. Tomado, dessa vez, por um sentimento de liberdade. Redefiniu certos detalhes, como quem ajeita os objetos de uma sala minutos antes da chegada de um convidado ilustre. Acrescentou uma fonte e algumas árvores à praça, enfeitou as muralhas com flores, salpicou as ruelas de pássaros, liberou as sentinelas. Abria mão dos laços que o uniam aos seus, desistia de perseguir um espaço que já não tinha como alcançar. Ainda assim, eram os tons marrons e acinzentados que se destacavam na paisagem.

Mas a mulher...

Beijara sua testa, revelara-lhe o esconderijo das tintas, dos pincéis. *Pretenderia ajudá-lo a partir? Ou retê-lo?* Teriam, nesse último caso, como varrer as camadas de indiferença que a vida acumulara entre eles? Resgatariam, do silêncio, a ternura dos primeiros anos?

Buscou-a com os olhos. E, ao som da música que emergia de seu violino, viveu a mais mirabolante das histórias de amor — a dança com a mulher na vizinhança da morte.

Pacificado, agradeceu a ovação com que a cidade o acolhia. O corpo inclinado, esticou o braço e recolheu a rosa que, ignorando os conselhos do poeta, insistira em voar até seus pés. Pelo vermelho de suas pétalas, chegaria ao amarelo, aos tons alaranjados do sol que se punha sobre sua cidade. E, preservada no tempo, a sua hora.

O presente

Aos oitenta e seis anos de idade minha mãe ganhou de presente, do dono da fazenda na qual nos hospedávamos (um desembargador amigo de meu pai), um cavalo puro-sangue de origem árabe. O animal, que ela conheceu e chegou a afagar em um dos currais situados na propriedade, deveria ser-lhe entregue em alguns dias mais.

Moravam meus pais em um apartamento de sala e três quartos no bairro do Leme, no Rio de Janeiro, onde meus irmãos e eu tínhamos sido criados. Nem por isso ocorreu-me perguntar a mamãe o que faria de um animal de quatro patas e grande porte em pleno centro urbano, indagação que os demais convidados do desembargador na ocasião (éramos cerca de vinte) também não formularam. Tudo se passou como se receber um presente daquele gênero em sua idade constituísse um fato tão natural quanto ganhar um livro, ou ter acesso a uma nova receita culinária. E como, logo em seguida, nosso anfitrião foi obrigado a se ausentar por uns dias (chamado às pressas para resolver no vilarejo vizinho não sei bem que pendência comercial), ficamos todos às voltas com a *notícia* do presente — sem nos atrevermos a investigar seus inevitáveis dedobramentos. Recordo-me, porém, de haver notado o modo polido mas frio, no limiar da indiferença, com que a família do desembargador encarou o assunto, como se ele não passasse de um capricho da imaginação alheia e, por isso mesmo, estivesse condenado ao esquecimento.

Para mim, no entanto, não havia dúvida: o cavalo fora oferecido e aceito, permanecendo em segundo plano qualquer aspecto prático vinculado a seu transporte, trato e acolhida. Estranhamente, o simples fato desses detalhes não virem ao caso parecia ancorar ainda mais na realidade (uma realidade, reconheço, *especial*) a autenticidade da transação, assim como a correção com que havia sido conduzida. Com relação a minha mãe, era evidente, por seu olhar e postura (tanto quanto pela eloqüência de seu silêncio), que ela não apenas se apossara do animal como, mentalmente, também já o acomodara em meio a seus demais pertences, um pouco como o amante de artes plásticas redistribui os quadros que possui para acolher em suas paredes uma obra mais rara adquirida por acaso em algum leilão.

Dias depois de criado aquilo que, à falta de um termo melhor, classificaria como uma *situação*, recebi um telefonema de meu pai. (Por razões de trabalho, e pela primeira vez em muitos anos, ele não pudera se juntar a nós em nossas férias na fazenda de seu amigo.) Avisado por meu irmão do sucedido, desejava confirmar comigo o teor da informação.

Educado desde cedo para prestar atenção à linguagem invisível, mais do que a sua contraparte falada de que se valem os homens, registrei de imediato dois fatos, ambos reveladores. O primeiro configurava uma dissidência no seio de nosso núcleo familiar, já que meu irmão caçula não hesitara em alertar papai, em termos que provavelmente ecoavam as resistências de que vinham dando prova os familiares do desembargador. E assim agira sem pedir minha opinião, o que jamais ocorrera até ali.

O segundo fato, porém, parecia mais grave e chegava a ser perturbador: meu pai julgara o tema delicado o suficiente para colher um subsídio inicial comigo, *antes* de receber da esposa e companheira os esclarecimentos que pretendia obter.

— Um cavalo? — indagou ele.

— Um cavalo. — respondi com naturalidade. Preferiria morrer a transmitir qualquer sugestão de dúvida.

— Ah... — limitou-se ele a murmurar.

Na tarde desse mesmo dia, avizinhando-se o momento de nossa partida — sem que o desembargador tivesse regressado ao nosso convívio —, minha mãe pediu ao capataz da fazenda notícias de seu cavalo, em um tom que, para meu alívio, refletiu a tranqüilidade de quem solicita ao porteiro de um hotel de luxo informações sobre suas bagagens.

O capataz, por sua vez, soube entrever, nas sobrancelhas erguidas de sua interlocutora, uma certeza: lidava ali com matéria delicada, cujos contornos ultrapassavam de muito sua esfera de competência.

— Vou verificar. — respondeu ele, dando-nos as costas e traçando uma linha reta no chão de terra batida, graças à qual logo desapareceu na paisagem.

Minha mãe tinha, como mencionei antes, oitenta e seis anos. Apesar disso, eu não conseguia deixar de vê-la, ao longo de todo esse episódio, com meus olhos de menino. Ou seja, compartilhava de sua determinação com a convicção de quem tudo aceita cegamente. Estaria assim, caso indagado pela localização do estábulo onde planejávamos acolher nosso cavalo, disposto a gritar "*em Botafogo!*", como se vivêssemos em pleno século XIX e o bairro invocado, em vez dos edifícios de hoje, ainda abrigasse sítios e chácaras. E muito mais estaria disposto a fazer para assegurar que o objeto de seu desejo chegasse são e salvo a suas mãos.

Tratava-se, no entanto, como é fácil imaginar, de uma situação cujo desfecho não dependia de mim, cabendo-me, no máximo, torcer por um desenlace favorável, mas sem dele poder participar ativamente. Limitava-me, então, a prestar a mamãe o único tipo de apoio possível nas circunstâncias: uma solidariedade tão absoluta quanto silenciosa, enraizada na mais ferrenha devoção.

Em nenhum momento passou-me pela cabeça que ela e eu estivéssemos vivendo um quadro *estranho à realidade*, no qual (para nos atermos ao tema que nos unia) cavalos pudessem ser dispensados de ocupar espaços apropriados a seu peso e tamanho. Tampouco conseguia desvencilhar-me da sensação, em si mesma maravilhosa, de que minha confiança em mamãe florescia de um tipo de pureza e inocência só encontráveis na infância. E nem atinava para o fato de que, passado eu com folga da meia-idade (e aproximando-se ela da etapa final de sua longa jornada), eu simplesmente transportara o leito em que dormia para uma fazenda situada em meu passado, e assim agira com a finalidade precípua de lhe oferecer um meio de transporte mágico que, longe de assustá-la, a encantasse e, chegada sua hora, a levasse em paz — mas envolta em uma atmosfera de deslumbramento, em que a aventura em si mesma a distraísse de seu desfecho.

Como reconhecer essa verdade, sem desfazer a ilusão — e acordar? Como, em suma, abrir mão de *meu* presente? Mais do que qualquer outra invenção da natureza, aquele cavalo, no qual eu montara tantas vezes aos três ou quatro anos, capturara minha imaginação para todo o sempre. E se o desembargador saíra de cena, deixando-me sozinho com um sonho impossível, cabia-me enfrentar o desafio com o único recurso de que dispunha — minha fé. E não há religião que possa competir com a fé de uma criança. Até porque só então vivemos o amor sem nada saber de seu lado clandestino, apostando todas as nossas fichas na vertente mirabolante da vida.

Este livro foi composto na tipologia Goudy Old Style, em corpo 12/16, e impresso em papel Chamois Fine Dunas 80g/m² no Sistema Cameron da Divisão Gráfica da Distribuidora Record.